AF603344

LE CHAPITRE
DES
BEAUX-ARTS

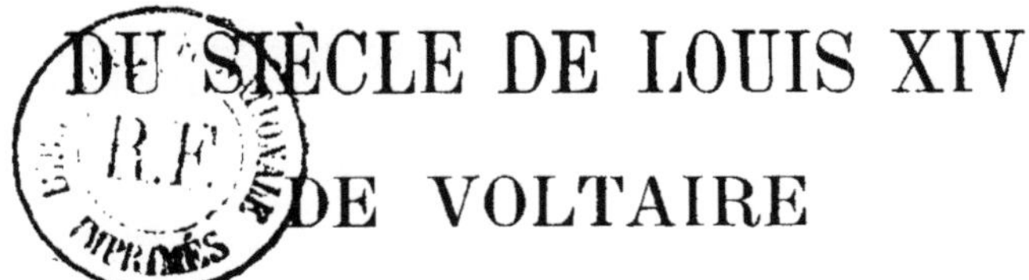

DU SIÈCLE DE LOUIS XIV
DE VOLTAIRE

Édition classique, précédée d'une étude sur

VOLTAIRE CRITIQUE LITTÉRAIRE

PAR

Théodore JORAN
Directeur de l'École d'Assas, ✿ O. I.

PARIS

LIBRAIRIE CROVILLE-MORANT
20, Rue de la Sorbonne, 20

1906

LE CHAPITRE DES BEAUX-ARTS DU SIÈCLE DE LOUIS XIV DE VOLTAIRE

DU MÊME AUTEUR

Université et Enseignement libre. — Bloud et Cie, 1 vol. 2 50

Plaidoyer pour les langues mortes. — Poussielgue, 1 br. . . . . 1 »

Le Mensonge du Féminisme. — Jouve, 1 vol. 3 50

SCHILLER. — **Extraits de la guerre de Trente ans**. — Poussielgue, 1 vol. 2 25

Choses d'Allemagne. — De Rudeval, 1 vol.. . 4 »

Germanismes usuels, 1re et 2e série. — P. Préteux, 2 br. 1 60

EN PRÉPARATION :

J.-J. ROUSSEAU. — **Lettre à d'Alembert sur les Spectacles**.

AVANT-PROPOS

Le programme officiel de la classe de Première porte : *Voltaire. — Extraits des œuvres historiques.*

On n'exige donc plus aujourd'hui des élèves qu'ils connaissent tout entier ce volumineux *Siècle de Louis XIV,* dont jadis ils ne lisaient, quand ils en lisaient quelque chose, que la partie consacrée aux *Belles-Lettres.* Qui aurait pu les en blâmer ? La « science historique » de Voltaire est bien démodée, bien arriérée. Les candidats au baccalauréat trouvaient plus commode d'apprendre l'histoire de Louis XIV dans les « Manuels » *ad hoc* qu'ils avaient entre les mains et dont quelques-uns d'ailleurs étaient excellents.

Nous nous sommes donc autorisé de la latitude offerte par le nouveau programme pour extraire du *Siècle* le chapitre XXXII, consacré aux *Beaux-Arts.* Nous en présentons aux maîtres et aux élèves une édition spéciale, qu'il nous a été possible de documenter avec soin, puisque à la discussion de quelques pages se bornait tout notre effort.

Nous espérons que, dans ces limites modestes, le lecteur reconnaîtra que du moins nous avons approfondi le sujet plus qu'on ne l'avait fait jusqu'à ce jour.

Paris, 1er décembre 1905.

INTRODUCTION

VOLTAIRE CRITIQUE, D'APRÈS LE CHAPITRE DES « BEAUX-ARTS » DANS « LE SIÈCLE DE LOUIS XIV »

Le lecteur qui jetterait les yeux sur cette introduction, *après* avoir étudié le texte à commenter — c'est l'ordre dans lequel il convient, soit de composer, soit de lire toute espèce de préface — reconnaîtrait sans doute avec nous que :

I. — Le chapitre *Des Beaux-Arts* est tout pénétré d'esprit moderne, quelque respect que l'auteur y affiche pour la Tradition.

II. — Le chapitre *Des Beaux-Arts* ne renferme ni plan, ni méthode, ni idées générales.

III. — La critique chez Voltaire affecte une allure de polémique qui est inconciliable avec l'impartialité de la science.

IV. — La critique chez Voltaire a un caractère purement subjectif qui lui ôte toute portée générale.

Enfin elle trahit peu d'élévation morale.

I. — *Voltaire et la Tradition.*

Voltaire offre ce spectacle, en apparence paradoxal, d' « un classique qui n'entend à peu près rien à l'antiquité » (Em. Faguet, *Etudes littéraires sur le*

XVIIIe siècle). Sans doute, l'admiration qu'il professe pour l'antiquité et la tradition n'a rien d'hypocrite. Mais elle est toute de commande et de convenance. C'est une adhésion de pure forme aux doctrines de ce Boileau que Voltaire regardait moins comme le législateur que comme le Cerbère du Parnasse. « N'aboyez pas contre Nicolas », disait-il, ou à peu près : « Cela porte malheur ». Recommandation qu'il s'est appliqué à suivre pour son propre compte.

Il s'y est donc appliqué, par discipline et non par goût ; le « cœur » n'y était pas. Ce maître écrivain, qui fut « conservateur en tout, sauf en religion », n'avait, pour bien des rites dont il contribua à perpétuer le maintien, qu'un respect extérieur. De ce nombre fut le culte de l'antiquité. Comment aurait-il pu le pratiquer sincèrement, lui qui ne connaissait que peu l'antiquité latine, et pas du tout l'antiquité grecque ? Il croit aux « fautes considérables » d'Homère, et il juge de ses héros comme La Motte, qui leur reprochait de n'être pas assez « honnêtes gens ». Quant à ses relations avec les tragiques grecs, elles se bornent à la galante paraphrase du sujet d'*Œdipe*. Ce qu'il goûte chez Virgile, c'est l'élégance du style plutôt que la poésie pénétrante et le mâle patriotisme. Quant à Cicéron, il n'hésite pas à lui comparer... Pellisson, comparaison très flatteuse pour Pellisson, mais très fâcheuse... pour Voltaire. Car elle prouve qu'il jugeait de Cicéron, comme de tant d'autres grandeurs du passé, par ouï-dire.

En réalité, ce partisan *officiel* des Anciens était moderne dans l'âme. Il pense, il sent, il s'exprime en moderne. On serait d'ailleurs bien surpris de ne pas rencontrer Voltaire dans le parti des Fontenelle, des Perrault, des La Motte : il en est, au fond, le plus brillant représentant. Rien ne sert de se proclamer Ancien quand tout trahit en nous le Moderne : le son de voix, le tour d'esprit, l'accent. Tel est le cas de Voltaire. Il a érigé dans ce chapitre des *Beaux-Arts* un véritable monument au génie moderne, et par là il semble s'être proposé de faire une réfutation indirecte, mais très nette, de la *Lettre à l'Académie*.

En effet, au contraire de Fénelon, qui s'était étendu à loisir sur les Anciens, les avait fait sans cesse intervenir comme autorités à l'appui de ses théories, ne marchait jamais que sous l'égide de Virgile, de Térence, d'Horace, Voltaire, lui, ne cite presque jamais les Anciens, subordonne partout le génie ancien au génie moderne, observe, comme s'il voulait contredire Fénelon, que Racine « a passé de bien loin les Grecs... dans l'intelligence des passions », enchérit sur les distractions déjà reprochées à Homère par Horace, et affirme que le XVIIe siècle a créé toutes sortes de genres parfaitement inconnus à l'antiquité. On avait pu blâmer Fénelon d'avoir systématiquement immolé aux Anciens même les plus grands d'entre les modernes : Voltaire, systématique en sens inverse, accorde une place démesurée à ses éloges des Quinault, des Fontenelle, des Bayle, des La Motte, des J.-B. Rousseau, au point d'empiéter largement sur le XVIIIe siècle.

Ainsi l'on trouve comme un écho affaibli de la « Querelle des Anciens et des Modernes » dans *Le Siècle de Louis XIV*. Voltaire y semble effectuer la revision d'un « procès de tendance ». Il conclut en ces termes sa réhabilitation — excessive — de Quinault : « Si l'on trouvait dans l'antiquité un poème comme *Armide* ou comme *Atys*, avec quelle idolâtrie il serait reçu ! *Mais Quinault était moderne.* » Non, il n'apporte pas, ainsi qu'on l'a dit spirituellement, à cette réhabilitation la même « chaleur » que s'il s'agissait de Calas (F Hémon, *Cours de littérature*), mais il y apporte plus de finesse insinuante. Il rouvre le débat sans en avoir l'air, imitant la tactique de Fénelon, qui avait témoigné dans l'affaire, tout en paraissant se récuser. Innocemment, Voltaire loue ces détracteurs des Anciens, Fontenelle et La Motte, non pas en tant que Modernes (c'eût été donner l'éveil), mais en tant qu'artistes. Ainsi il rivalise d'habileté stratégique avec Fénelon, et sans doute il a contribué à infirmer notablement les conclusions du plaidoyer prononcé par le prélat en faveur des Anciens [1].

Avec Voltaire il faut toujours chercher une arrière-pensée qui se cache et une palinodie qui se prépare. Son admiration pour le « grand siècle » et le « grand roi » n'est qu'une opinion de parade, une façade pompeuse du haut de laquelle toute l'artillerie du philosophisme encyclopédique lance ses projectiles. Partout éclatent l'impatience d'un « art nouveau » et le dédain des vieilles croyances. Voltaire a traité ici le Roi à peu près comme ailleurs il avait traité le Pape. Il célèbre dans son ouvrage les bienfaits apportés à la civilisation par ce glorieux XVIIe siècle, dont il dira autre part que c'était un

> Siècle de grands talents *bien plus que de lumière* [2].

De même, il dédiait respectueusement au pape une

1. Voir ci-dessous, p. 83, note sur Quinault.
2. Epître intitulée : *à Boileau, ou mon Testament*, 1769.

tragédie, *Mahomet*, dans laquelle il tournait en dérision la papauté. Voltaire reste toujours l'incorrigible railleur qui portait la queue de la robe du grand-prêtre, en lui faisant des grimaces par derrière.

Une doctrine se juge parfois mieux aux disciples qu'au maître lui-même. Selon ce principe, nous reconnaissons dans une certaine page de Mme de Staël le fond même de la pensée de Voltaire :

> « Le siècle de Louis XIV, le plus remarquable de tous en littérature, est très inférieur, sous le rapport de la philosophie, au siècle suivant. La monarchie, et surtout un monarque qui comptait l'admiration parmi les actes d'obéissance, l'intolérance religieuse et les superstitions encore dominantes bornaient l'horizon de la pensée ; on ne pouvait concevoir aucun ensemble, ni se permettre aucune analyse dans un certain ordre d'opinions ; on ne pouvait suivre une idée dans tous ses développements. La littérature, dans le siècle de Louis XIV, était le chef-d'œuvre de l'imagination ; mais ce n'était point encore une puissance philosophique, puisqu'un roi absolu l'encourageait, et qu'elle ne portait point ombrage à son despotisme. Cette littérature sans autre but que les plaisirs de l'esprit, ne peut avoir l'énergie de celle qui a fini par ébranler le trône. On voyait des écrivains saisir quelquefois, comme Achille, l'arme guerrière au milieu des ornements frivoles ; mais en général, les livres ne traitaient point les questions vraiment importantes ; les hommes de lettres étaient relégués loin des intérêts actifs de la vie. L'analyse des principes du gouvernement, l'examen des dogmes religieux, l'appréciation des hommes puissants, tout ce qui pouvait conduire à un résultat applicable, leur était totalement interdit ». (*De la littérature considérée dans ses rapports avec les institutions sociales*).

Voilà quel était l'état d'esprit directement issu des opinions voltairiennes. A plus forte raison nous serait-il aisé de demander à la génération même de Voltaire, représentée par l'un de ses porte-parole les plus autorisés, d'Alembert, la confirmation de la pensée intime du maître. A quelques mois d'intervalle paraissaient le *Discours préliminaire de l'Encyclopédie* et *Le Siècle de Louis XIV*[1]. Ce sont donc là deux dépositions simultanées sur les mêmes faits littéraires, artistiques et scientifiques. Or ces deux témoignages exprimés l'un à Paris, l'autre à Berlin, sont presque exactement concordants.

Des deux parts, même croyance à la « barbarie » du Moyen Age, même illusion que tout l'art français date de l'époque de Henri IV, même admiration, mais un peu plus froide et plus laconique chez d'Alembert, pour l'école classique, même impertinent dédain pour la métaphysique du XVIIe siècle, même enthousiasme pour Bacon, Newton, Locke, ces dépositaires de la science intégrale et définitive[2].

D'Alembert déclarait formellement que toute l'évolution intellectuelle de la race française aboutissait à l'Encyclopédie comme à son magnifique couronnement. Voltaire pensait, sans le dire, que toute cette évolution avait eu pour objet de préparer la venue.... de Voltaire[3] : là est entre eux toute la différence. L'un et l'autre ramènent toute la littérature du XVIIe siècle à l'art de dire de jolis riens ; cette époque fut pour eux le règne

1. Le *Discours* est de l'automne de 1750. « *Le Siècle de Louis XIV*, publié par M. de Francheville ; Berlin, Henning, 2 vol. in-12 » est de juillet 1751. — Du vivant de Voltaire, il en parut une 9e édition, en 1775.
2. Voir l'appendice, p. 30 sq.
3. Voir notamment les dernières pages du chapitre des *Beaux-Arts*.

de la frivolité élégante. Ils oubliaient, quand ils ne voyaient ainsi dans leurs devanciers que d'aimables et brillants littérateurs, qu'ils appartenaient eux-mêmes au siècle « de la poudre et des mouches ». Mais c'est une tendance propre à chaque âge de tenir pour vains amusements les occupations de l'âge précédent. Joachim du Bellay ne faisait pas exception à cette règle quand il taxait d' « épisseries » les poésies de Marot. De même d'Alembert nomme assez dédaigneusement le siècle de Louis XIV le siècle des « Belles-Lettres », et quant à Voltaire, son *Essai sur les mœurs*, sa *Correspondance*, toute son œuvre enfin protestent contre une glorification sincère de la monarchie absolue et de l'art qui en est le reflet.

* * *

II. — *Le manque d'esprit de suite dans l'œuvre critique de Voltaire.*

D'Alembert, comme critique, se montre supérieur à Voltaire en ce qu'au moins il a des « idées », et sait les ordonner. En un mot, il *compose*. Sans doute il est trop systématique et son cadre est trop étroit. Mais n'est-ce rien d'avoir un système et un cadre ? Voltaire, lui, marche au gré de sa fantaisie et commet ainsi des erreurs chronologiques qu'on ne passerait pas à un bon rhétoricien. Il ne vérifie pas les dates, ou plutôt il n'en tient nul compte. Par exemple, ayant reconnu que Bossuet était antérieur à Bourdaloue, il raconte pourtant l'histoire de l'éloquence sacrée en commençant par Bourdaloue, sauf à revenir ensuite sur ses pas. Il commet une inadvertance analogue au sujet de La Rochefoucauld et de Pascal. Il aborde La Fontaine, le quitte et le reprend. Même zigzag à propos de Quinault. Au mépris des dates, des genres et de toute espèce de convenance, il saute de Saint-Réal à Corneille. Profitant d'une équivoque qu'il crée sur le mot *siècle*, employé tantôt comme synonyme d'époque indéterminée, tantôt comme désignant l'espace de cent ans qui va de 1600 à 1700, il fait, selon le premier sens, rentrer arbitrairement dans le XVIIe siècle La Motte et J.-B. Rousseau, qui sont de purs produits du XVIIIe. Il semble que, selon les besoins de la cause, le XVIIe siècle commence tour à tour à l'an 1600 et à l'an 1650.

La seule velléité de division qu'on entrevoie dans ce chapitre des *Beaux-Arts* consiste à avoir mis d'un côté la prose, et de l'autre, la poésie, c'est-à-dire à avoir présenté *d'abord* la prose, et ensuite la poésie. On ne devinerait jamais quelle transition Voltaire a imaginée pour passer d'un genre à l'autre. La voici : « Qui croirait que tous ces bons ouvrages en prose n'auraient probablement jamais existé, s'ils n'avaient été *précédés par la poésie* ? C'est pourtant la destinée de l'esprit humain dans toutes les nations : les vers furent partout les *premiers* enfants du génie et les *premiers* maîtres d'éloquence ». En conséquence, Voltaire étudie la poésie... *après* la prose ! Il est permis de se demander, si, en ce faisant, il ne se moque pas un peu du lecteur, ou si son imprimeur allemand, l'honorable Henning, ne lui a pas joué le tour de mal « imposer » les pages de son livre. En tout cas, le moins qu'on puisse dire, c'est qu'un tel plan « n'est pas plus chronologique que logique » (F. Hémon, *op. cit.*) [1].

Voilà donc pour la mauvaise disposition des matières. La *disproportion* des développements, les contradictions et les lacunes ne sont pas moins sujettes à blâme. Voltaire, qui juge au gré de son caprice, ainsi que nous aurons à le montrer plus loin, s'attarde complaisamment sur tel écrivain qui l'intéresse à un titre quelconque, passe sous silence tel autre qui lui déplaît, ou qu'il connaît mal, cite les ouvrages au hasard de la plume, en omet d'aussi importants ou de plus importants que ceux qu'il cite, multiplie les « anecdotes » et les épisodes au détriment du sujet principal, qui devrait être : « l'histoire de l'esprit humain au cours du plus beau siècle qui fut jamais ». Etrange architecte qui a l'ambition d'élever « un monument plus durable que l'airain », et qui ne se soucie aucunement des lois les plus élémentaires de la perspective ! Etait-ce le lieu de raconter si au long ce petit roman, d'ailleurs de haute fantaisie, entre Bossuet et Mlle Desvieux ? Le tableau d'ensemble que Voltaire avait à tracer dans ce chapitre comportait-il ce coin d'idylle ? Quinault, Fontenelle,

1. La démarcation entre prose et poésie est elle-même bien arbitraire et artificielle. Elle suggère à un critique contemporain la protestation suivante : « — Vinet (disciple en cela de Voltaire), pour établir son tableau des auteurs, commence par mettre à droite la poésie, à gauche la prose. Il en résulte que nous avons à droite les Contes d'Hamilton, et à gauche les Contes de La Fontaine ; il en résulte qu'il y aura un abîme infranchissable entre Molière à droite avec *Le Misanthrope*, *Tartufe*, *les Femmes savantes*, et La Bruyère, qui ira à gauche avec ses *Caractères* ; il en résulte que nous devrons étudier à droite l'épître de Boileau sur la *Phèdre* de Racine, et à gauche la lettre de Balzac sur le *Cinna* de Corneille, et ainsi de suite ».
(Albert Schinz, *Le Mercure de France* du 15 novembre 1905).

Bayle, La Motte, J.-B. Rousseau, sont-ils de si grands noms dans l'histoire de notre littérature qu'ils vaillent l'honneur d'une présentation prolongée? Le *Télémaque*, ouvrage secondaire en somme, occupe plus de place dans le *Siècle* que n'importe quel chef-d'œuvre authentique. En revanche, ni *Polyeucte*, ni *Andromaque*, ni l'*Oraison funèbre de Condé* ne sont même mentionnés.

Voltaire n'a pas compris la nécessité des *groupements* d'écrivains. Enumérons ici les principaux de ces oublis qu'il commet dans son chapitre des *Beaux-Arts*.

1° Le groupe des *Auteurs de Mémoires*, bien plus intéressants au XVIIe siècle que les historiens, dont l'art était alors dans l'enfance. Ce sont principalement: La Rochefoucauld, Retz, Mlle de Montpensier, Mme de Motteville.

2° Les représentants du « *burlesque* » : Scarron, d'Assoucy, Cyrano de Bergerac, Saint-Amand.

3° Parmi les poètes *tragiques*, Mairet et Rotrou valaient bien une mention à côté de Corneille.

4° Dans la *comédie*, Regnard, le principal successeur direct de Molière, Dancourt et Dufresny, sont des noms que l'historien n'a pas le droit de négliger.

5° Le groupe des *écrivains épistolaires*, qui compte surtout des femmes, Mme de Sévigné et Mme de Maintenon. A la première, il est vrai, Voltaire a fait une place, mais trop petite et trop à l'écart. D'ailleurs, d'une façon générale, Voltaire dépossède les femmes de l'influence qu'elles exercèrent sur la société polie du XVIIe siècle. Il n'est question dans le *Siècle* ni de l'*hôtel de Rambouillet* ni des salons, dont le règne s'ouvrait alors.

Pourtant Voltaire se flatte d'avoir rassemblé dans son ouvrage les documents sur lesquels « repose l'histoire de l'esprit humain » à cette date.

6° Un oubli du même genre est celui des *auteurs de romans*, qui agirent dans le même sens que l'hôtel de Rambouillet, c'est-à-dire contribuèrent à adoucir et à polir les mœurs : d'Urfé, la Calprenède, Gombaud, Georges et Madeleine de Scudéry, enfin et surtout Mme de La Fayette.

7° Principalement à propos de l'*éloquence sacrée*, le manque d'ordre et la négligence de Voltaire se font sentir. Il fallait grouper les prédicateurs, naturellement autour de leur véritable « chef de chœur », Bossuet, qui devait donc nous apparaître entouré, non pas seulement de Bourdaloue et de Massillon, mais encore de Fléchier et même de Mascaron. Il fallait aussi et au préalable énumérer un plus grand nombre de précurseurs. Voltaire se borne à citer Jean de Lingendes ; mais saint François de Sales, Camus, évêque de Belley, saint Vincent de Paul, les P. P. Lejeune et Senault, de l'Oratoire récemment fondé, font partie intégrante d'une histoire, même sommaire, de l'éloquence sacrée au XVIIe siècle.

Relativement au *plan général*, la « ligne de partage » que trace Voltaire et qui fait de la littérature du XVIIe siècle une sorte de montagne à deux versants : le versant de la Prose et celui de la Poésie — cette ligne est vraiment un peu trop « idéale ». Une division, à peine plus compliquée et plus rationnelle, serait celle qui distinguerait trois époques daus le développement de la littérature sous Louis XIV. — 1° Avant le gouvernement personnel du roi. L'historien aurait alors à retracer l'*émancipation* de notre poésie et de notre prose, simultanément, et à montrer que cette éducation de l'esprit public fut l'œuvre surtout des salons et des femmes. — 2° Une *phase brillante* qui s'étend environ de 1660 à 1685, et sur laquelle l'empreinte royale se reconnaît le mieux. Ainsi Voltaire, qui, au lieu de circonscrire l'influence personnelle et directe du roi à ce quart de siècle, l'étend au siècle tout entier, simplifie à l'excès le mouvement des idées. — 3° Au lendemain de la Révocation de l'Edit de Nantes, commence un âge nouveau dont les signes précurseurs sont tout à la fois la transformation de la langue, qui devient plus concise et sentencieuse, et la transformation de l'esprit public, qui incline vers l'opposition religieuse et politique.

Le défaut du chapitre des *Beaux Arts*, au point de vue de l'invention, est donc le même que celui qui se retrouve dans l'économie générale de l'ouvrage entier ; *la synthèse* est absente et le caractère particulier de l'époque n'est pas dégagé. L'idée maîtresse de l'œuvre, au lieu de s'affirmer dans cette partie centrale, s'éparpille.

∴

III. — *L'abus de la polémique dans l'œuvre critique de Voltaire.*

Quel était le but de Voltaire en composant le *Siècle de Louis XIV* ? Il ne nous en a pas fait un mystère. Mais, ici encore, il nous laisse choisir entre deux versions, l'une qui est pour la « galerie », l'autre pour les intimes. *Officiellement*, il se proposa de « peindre les mœurs des hommes, de faire l'histoire de l'esprit humain, et surtout l'histoire des arts, dans le siècle le plus éclairé qui fut jamais ». Il nous prévient, vers la fin de son introduction, qu' « il ne s'attachera, dans cette histoire, qu'à ce qui mérite l'attention de tous les temps, à ce qui peut peindre le génie et les mœurs des hommes, à ce qui peut servir d'instruction et conseiller l'amour de la vertu, des arts et de la patrie. »

Voltaire plaçait donc son but très haut. *Le siècle de Louis XIV :* ce titre annonçait une histoire de la civilisation au XVIIe siècle, et exigeait une entente de la philosophie comparable à celle qui fait le mérite des ouvrages de Guizot sur la civilisation en France et en Europe. Le tableau des Lettres, des Sciences et des Arts était donc bien la partie essentielle du sujet tel que l'avait conçu Voltaire, quelque chose comme le « Salon carré » de ce Louvre dont il voulait jeter les assises. Mais, hâtons-nous de le dire, sa nature de journaliste, de polémiste, ne lui conférait pas le sérieux, la patience, le sang-froid nécessaires pour remplir un si noble objet. Il y eût fallu un esprit vraiment philosophique, une science sérieuse et apaisée, une recherche honnête et désintéressée de la vérité. Or, chez Voltaire, ce fut la verve du satirique et du pamphlétaire qui mit en branle ses facultés d'historien. Le démon d'opposition qui sommeillait en lui, ou plutôt qui se réveillait sans cesse, guida sa main. Il avoue lui-même dans sa *Correspondance* que, s'il « s'établit le peintre du XVIIe siècle », c'est par esprit de réaction dépitée contre le temps présent, « contre ce siècle de fer (le XVIIIe) et ce gouvernement imbécile,... contre ces Français de la décadence qui s'endorment sous la somnolente torpeur d'un ministre caduc et d'un roi apostolique ». Voilà sa pensée « de derrière la tête » : faire une « niche » au cardinal Fleury et aux « Welches ».

Ouvrons ici une courte parenthèse. M. Bersot a dit que Voltaire a écrit « des millions de lignes, et pas une seule *phrase*. » Eh ! n'est-ce pas une *phrase*, et une phrase du style de « réunion publique », que cette aspostrophe contre le gouvernement débonnaire du sceptique Louis XV, sous lequel les « philosophes » furent les maîtres et purent organiser tout à leur aise le grand branle-bas de 89 ? Si l'on ne savait à quelle époque écrivit Voltaire. on pourrait croire que son accès d'indignation se déchaînait contre l'absolutisme et le despotisme d'un Louis XIV. A qui Voltaire fera-t-il croire qu'il regrettait réellement de n'avoir pas vécu au temps des Dragonnades ? Croit-il sincèrement qu'avec son tempérament il eût été plus libre sous le roi qui, pour des équipées assurément moins scandaleuses que celles dont Voltaire était coutumier, disgraciait un Bussy-Rabutin, exilait un Saint-Evremond ? Louis XIV, qui tint rigueur à La Fontaine à cause de ses *Contes*, eût-il été plus tolérant pour l'auteur de la *Pucelle* et du *Mondain* ? Rien n'est donc plus injuste et plus déraisonnable que la mauvaise humeur de Voltaire contre son siècle. Dans ce rôle de « louangeur obstiné du temps passé » il nous fait sourire. Bien lui prit au contraire d'être venu plus tard dans un siècle plus vieux. Un siècle plus tôt, son intempérance de langue aurait pu lui coûter cher, et, au lieu de tenir une espèce de cour dans son château de Ferney, peut-être aurait-il exercé la sagacité des Saumaise de l'histoire, qui auraient vu en lui « l'homme au Masque de Fer ».

Quoi qu'il en soit, cette humeur batailleuse était une mauvaise préparation à la besogne grave de l'historien. On attendait en effet de Voltaire, après le noble préambule dont nous venons de citer un passage, que, parvenu au cœur de son sujet, il dressât impartialement un état comparatif des résultats acquis par la civilisation en France et dans les pays étrangers. Ne s'agissait-il pas pour lui, étant donné l'engagement qu'il avait pris dans son introduction, « d'établir exactement d'une part ce que notre pays avait pu recevoir d'eux, d'autre part, ce qu'il leur avait donné ? C'est certainement pourquoi Voltaire a écrit ce chapitre (le XXXIVe, sur *Les Beaux Arts en Europe*), mais c'est à quoi il n'a nullement réussi. » (Rébelliau). « Nullement réussi » n'est pas un terme trop sévère : il y eut en effet impuissance de nature chez Voltaire à tenir sa promesse. Croyons-en ce qu'il dit lui-même dans son *Temple du goût* [1] : « Je suis très persuadé que, quand un homme ne cultive point un talent, c'est qu'il ne l'a pas ». *De te Fabula narratur*. On ne saurait trop taxer de légèreté cette science critique qui se dérobe à toute espèce de preuve. Voltaire n'a pas, en somme, fait l'histoire de la civilisation ; il a affirmé et répété qu'il l'avait faite, ce qui n'est pas la même chose.

Il a bien délimité l'emplacement central que devait occuper cet inventaire des richesses comparées de la

1. *Le Temple du Goût*, antérieur de 20 ans au *Siècle*, et la *Liste des écrivains français* sont les deux opuscules de Voltaire qui servent de complément naturel au *Siècle de Louis XIV* pour la partie littéraire, scientifique et artistique.

France et de l'Europe intellectuelles ; c'étaient les quatre chapitres suivants : XXXI, *Des Sciences* ; XXXII, *Des Beaux-Arts* ; XXXIII, *Suite des Arts* ; XXXIV, *Des Beaux-Arts en Europe du temps de Louis XIV*. Mais ces cadres sont sinon vides, du moins mal remplis. Que d'omissions et que d'erreurs dans les chapitres XXXI et XXXIII ! Quel défaut de liaison dans ces chapitres soit entre eux, soit en chacun d'eux ! Nulle part, ainsi que M. Rébelliau l'a fort bien établi dans l'Introduction de son édition du *Siècle*, les *rapports* entre nos écrivains, nos savants ou nos artistes et ceux des pays étrangers, ne sont bien déterminés [1]. On dirait que Voltaire ait voulu, par galanterie, laisser beaucoup à glaner ou à faire à Mme de Staël. Elle a montré bien mieux que lui ces effets de réaction de la France sur le reste de l'Europe pensante. Voltaire s'en tire en déclarant que les Français furent les « législateurs de l'Europe ». Mais le moindre grain de *critique objective* eût mieux fait notre affaire que cette affirmation vague.

Laissons-là cette question de littérature comparée, et occupons-nous de rechercher ce qui a pu empêcher Voltaire de rendre pleine justice à la littérature française du XVIIe siècle. Car il a fait le procès de cette littérature plutôt qu'il n'a fait, à son occasion, l'histoire de la civilisation. Il nous semble que deux causes principales ont obscurci son jugement : 1° des préjugés littéraires ; 2° des préventions philosophiques.

1° *Préjugés littéraires*. — « Un certain modèle de bon ton, de justesse d'idées et de justesse de propor-

1. Je renvoie le lecteur à cette excellente édition du *Siècle* (MM. Rébelliau et Marion, libr. Arm. Colin, 1894), ayant affaire ici principalement au chapitre *Des Beaux-Arts*.

tions dans les œuvres, d'élégance, de distinction et de noblesse, voilà ce qu'il a vu... dans le siècle de Louis XIV. Avec son manque de profondeur, et d'imagination, et de sensibilité, c'est tout ce qu'il pouvait voir, et il s'en est fait une poétique... qui est tout ce qu'il y a au monde de plus stérile » (Faguet, *XVIIIe siècle*). Il n'a pas vu dans cette littérature une *littérature d'idées*, mais il a cru qu'avant Voltaire et son époque on n'avait pas « pensé » en France. Sa superstition pour le beau style et le « grand goût » lui a masqué l'importance, la hardiesse et la variété du fond. Il a hérité de Boileau un idéal de correction mesurée et d'équilibre qui l'a toujours empêché de goûter la vigueur originale, la familiarité pittoresque et poétique des Corneille, des Pascal, des Bossuet, des La Fontaine. Tranchons le mot : *Voltaire est prude*. Littérairement parlant, cela va de soi. « Votre goût a les pâles couleurs », lui aurait dit jovialement Mme de Sévigné. Lui, si « gaulois » dans ses *Romans* et même dans ses œuvres sérieuses, il n'a pas, qui le croirait ? compris ni même soupçonné le charme « gaulois » qui émane de ses vrais ancêtres, Marot, Montaigne, Régnier. Jamais Voltaire n'a consenti à oublier qu'il était, par délégation officielle, « gentilhomme de la Chambre ». « Le goût de Voltaire, c'est le goût de Boileau, devenu beaucoup plus étroit », remarque M. Faguet. Même note chez M. Brunetière : « Si vous lisez attentivement son *Commentaire sur Corneille*, qui est de 1764, vous serez frappé d'y voir l'auteur de l'*Essai sur le poème épique* se ranger dans ses vieux jours à une critique, je ne veux pas dire plus étroite que celle de Boileau, mais à coup sûr pas plus large »[1]. Fausse noblesse, délicatesse exagérée, timidité d'invention, docilité excessive d'imitation : tel est son art et telle est sa critique.

Voltaire a faussé le mécanisme littéraire du XVIIe siècle, en lui attribuant pour moteur presque unique le pouvoir royal. Alors que l'influence de Louis XIV est nulle avant le traité des Pyrénées et que, à partir de la révocation de l'Edit de Nantes, elle est débordée par des influences étrangères, parfois même contraires, c'est-à-dire alors qu'elle n'englobe qu'un quart de siècle, Voltaire, « despotiste dans l'âme, attend tout progrès de l'Etat, d'un sauveur intelligent : c'est un Français » (Faguet). Avant Renan, il appelait de ses vœux « un bon tyran ». Il fait donc au roi la part du lion, c'est-à-dire qu'il s'exagère l'action de celui-ci sur l'œuvre brillante du siècle. « Voltaire se laisse trop éblouir par l'éclat littéraire pour être parfaitement juste : il a traité un roi qui avait fondé les académies comme les moines traitaient jadis les princes qui dotaient les églises », remarque finement l'historien Lemontey.

2° *Préventions philosophiques.* — Voltaire, cartésien renforcé (mais cartésien sans le savoir), en littérature, est, en philosophie, sensualiste déterminé. Il professe l'idolâtrie de la Raison et croit, ce qui est du pur cartésianisme, que le sens privé est le seul juge de toutes choses. Il adopte l'esthétique toute cartésienne de Boileau, puisqu'il soumet *a priori* les œuvres d'art à un critérium rationnel et absolu. Il croit que le Beau ne se réalise pas en dehors de l'observance des lois dites classiques. La Harpe, son disciple le plus direct en cri-

1. *Études critiques sur l'histoire de la littérature française.*

tique, recueillera de lui pieusement cette doctrine, se fera scrupule d'y ajouter, mais la rendra encore plus étroite et plus exclusive. L'auteur du *Lycée* écrira par exemple que « Dante, Shakspeare, Milton, ont fait des œuvres *monstrueuses*, mais que dans ces monstres il y avait quelques belles parties exécutées avec les principes ». De nos jours, D. Nisard renouvellera — et enterrera — ce système, qui aura d'ailleurs abouti grâce à son talent de style, à une œuvre brillante : l'*Histoire de la littérature française*. Cette critique cartésienne ne pouvait exercer sur les esprits une influence profonde. De fait la littérature a évolué en dehors d'elle : ni l'art ne pouvait rien apprendre d'une critique aussi timorée, ni la critique ne pouvait elle-même progresser, ne s'inspirant que de principes *négatifs*.

Le sensualisme philosophique de Voltaire, parfaitement contradictoire avec son cartésianisme littéraire, l'a induit à placer l'art du XVIIe siècle bien au-dessus de sa philosophie. Continuellement, Voltaire — et d'Alembert, son imitateur — demandent en quelque sorte grâce pour la « science » du siècle de Louis XIV, en échange de sa perfection littéraire. L'un et l'autre [1] ont dressé un véritable réquisitoire contre la science française du XVIIe siècle, pour laquelle ils n'ont pas assez de compassion, sinon de mépris. Pour rendre plus éclatante cette inégalité entre la science française et la science étrangère, Voltaire use d'un moyen très commode : il *omet* quelques-uns des plus grands noms de savants ou de philosophes français. Pascal et Malebranche par exemple [2]. Quant à Descartes, il parle de

1. Voir l'appendice.
2. Voir dans l'édition Marion et Rébelliau le relevé complet de ces omissions.

lui en haussant les épaules. D'après Voltaire, Descartes ne saurait aspirer à l'honneur de représenter la « *saine philosophie* ». Faut-il entendre par cette expression la science pure ou la métaphysique ? On ne sait trop [1]. Il est à croire que Voltaire a malignement créé sur ce terme une équivoque, pour pouvoir envelopper plus aisément dans son dédain toute la pensée française. L'honneur de représenter la « saine philosophie » échoit donc, d'après lui, aux savants étrangers et particulièrement aux philosophes anglais.

Bacon, Newton, Locke, voilà, en métaphysique, les *dieux* de Voltaire. « Dieux » n'est pas une hyperbole. Rien n'égale l'idolâtrie de Voltaire pour ces trois écrivains, si ce n'est l'extase dans laquelle tombe d'Alembert quand il parle d'eux. Voltaire va jusqu'à « tirer l'échelle » derrière Locke, en déclarant qu'après lui il n'y a plus à se préoccuper de penser : le vrai *en soi* est trouvé. Il ne s'aperçoit pas qu'en abdiquant à ce point sa propre personnalité, il donne justement dans le même travers qu'il reproche à la scolastique du Moyen Age. Il remplace en effet Aristote par Locke, et invoque au profit de l'Anglais la célèbre formule : « Magister dixit ». On ne saurait trop regretter pour Voltaire qu'il n'ait pas mieux connu Pascal : il aurait pu, en lisant certain fragment du *Traité du Vide*, faire un retour sur lui-même et s'accuser à son tour d'un respect superstitieux pour l'autorité, c'est-à-dire d' « obscurantisme ».

Ce n'est pas ici le lieu de s'étendre sur le positivisme anglais du XVIIe et du XVIIIe siècle. Nous n'avons qu'à

1. Voir ci-après, p. 37, n. 2.

en noter le contre-coup sur la critique française, telle qu'elle est représentée par Voltaire. Nous nous résumerons en disant que ce positivisme ferma les yeux de Voltaire à tout ce qui était *idéalisme* dans l'art du XVIIe siècle. Il éveilla, il fortifia en Voltaire une conception tout utilitaire de la science. Ce positivisme est responsable du peu d'élévation d'une morale que Voltaire identifiait avec l'intérêt commun, ce qui est proprement la négation de toute morale. C'est donc en « révolutionnaire » qu'il aborda la littérature la plus monarchique qui fut jamais, et c'est en « libre penseur » qu'il aborda un art dont la religion était l'âme.

IV. — *Voltaire et la Critique subjective.*

Ainsi, dans *Le Siècle de Louis XIV*, Voltaire n'était pas l'homme de son œuvre ; si jamais en effet un sujet requérait l'entier détachement de soi, c'était bien celui-là. Seule une méthode vraiment scientifique, c'est-à-dire impersonnelle ou objective, pouvait arriver à reconstituer *l'exemplaire* de l'état des esprits sous le règne du roi le plus roi qui fût monté sur le trône. Or, dans aucun de ses ouvrages, Voltaire n'est plus resté Voltaire que dans son *Siècle*. Son *moi* s'y étale à chaque page, même et surtout dans ce chapitre XXXII pour lequel tous les autres avaient été composés. Terminons cet exposé en définissant ce « moi » si personnel.

Ce *moi* est d'abord extraordinairement primesautier. L'esprit de Voltaire est comme un silex qui au moindre choc ferait jaillir une étincelle. Mais cette promptitude à juger entraîne comme conséquence la facilité à se tromper. En effet Voltaire parle trop souvent sur la foi d'autrui, ne lit pas les textes qu'il apprécie, ne sait pas que c'est le devoir du critique comme de l'historien de tout vérifier par soi-même. On lui a parlé d'un certain poète espagnol Diamante, auteur d'une adaptation du *Cid*. Quel était le devoir élémentaire d'un historien de la littérature? C'était de s'assurer des dates exactes de la vie et de la mort de cet écrivain, afin de savoir s'il était antérieur à Corneille ou s'il lui était postérieur. Mais l'impatient Voltaire méprise ces détails, qu'il appelle « la vermine de l'histoire ». Il convenait à son raisonnement que Corneille fût tributaire de Diamante, et il ne lui en faut pas davantage pour prononcer que Diamante est, au même titre que Guilhem de Castro, un modèle de Corneille. Il charge donc la mémoire de notre glorieux poète d'un plagiat. Or, d'après les dates c'est juste *le contraire* : Diamante est à Corneille ce que le P. Isla est à Lesage. Tel est l'à peu près qu'on rencontre dans les informatious de Voltaire : ses appréciations ne contiennent presque jamais qu'une part de vérité. De cette légèreté d'affirmations qui est la sienne, de ces contradictions, de ces inadvertances, de ces erreurs de fait ne résulte naturellement qu'une autorité médiocre.

Voltaire, qui a mené grand bruit autour de la rigueur de sa « documentation » historique, est moins scrupuleux sur le choix de ses sources littéraires. Personne plus que lui n'a été friand de scandales et n'a eu du goût pour les « potins ». C'est un amateur d'historiettes plutôt qu'un critique, un pilier d'antichambre plutôt qu'un « gentilhomme de la Chambre ». Il accepte de toute provenance les on-dit et les racontars, même il savoure les indiscrétions de subalternes de préférence aux dépositions qualifiées. Sa critique est une forme du « Roman chez la portière » : peut-on désigner plus honorablement par exemple cette mystification des amours du jeune Bossuet dans laquelle l'homme d'esprit qu'il est a donné comme un sot?

Ce trop d'esprit lui a d'ailleurs joué plus d'un mauvais tour, notamment en critique. Car, si « l'esprit sert à tout et ne suffit à rien », c'est surtout dans l'art de juger. Comment procède le critique exclusivement spirituel? Comme ceci : quand une « sentence » tombe bien en épigramme, il l'adopte pour jugement. Un trait finement décoché lui tient lieu de vérité. « Richelieu, protecteur des lettres, mais non pas du bon goût », voilà un des innombrables exemples de ces jolies boutades qui ne tiennent pas devant le plus simple examen.

Superficielle et frivole, telle est la critique de Voltaire. Ce positiviste entêté se croit profond, mais il n'est que lêger quand il assigne d'infimes causes aux plus grands effets, uniquement pour se vanter de les avoir aperçues. Voltaire, s'il a connu le mot de Pascal sur « le nez de Cléopâtre », a dû murmurer tout bas : « Celui-là, je voudrais l'avoir fait! » Sa critique prend un tour mesquin, ramène à de misérables « contingences » les plus authentiques succès. Il ne montre pas nos illustres auteurs hantés surtout des plus hautes préoccupations de l'art. Il consulte principalement comme thermomètre des réputations l'actualité. Ainsi il déclare que les *Provinciales* « baissèrent », après l'expulsion des Jésuites : il aurait donc suffi pour cela de treize ans! Il déclare que le *Télémaque* « baissa « après la mort de Louis XIV, que les *Caractères* « baissèrent » une fois satisfaite la première démangeaison de malignité. Pour lui tout est affaire de mode. Il n'a pas compris que les beaux ouvrages de l'esprit portent en eux de quoi défier le temps et qu'ils sont à peine diminués par le léger déchet de l'actualité disparue. Chez Voltaire l'homme du « métier » passe avant le critique. Fénelon, La Bruyère, Bossuet, ce ne sont là pour lui que des « confrères ».

Car sa *vanité* est telle qu'elle offusque chez lui tout sentiment du grand. Voltaire fera toujours passer l'anecdote à laquelle il aura été mêlé personnellement avant l'histoire. « Etre dans la coulisse », connaître « les dessous » de toute chose, voilà sa prétention, son ambition. Partout il glisse des *moi* et des *je*. C'est à *lui* que le fils de Bussy a rapporté telle parole de Bossuet, et Voltaire, bon prince, enrichit libéralement l'histoire de cette parole... qu'il a peut-être « arrangée », comme il a fait un mot de Mme de Sévigné. — On croyait généralement que Fénelon avait composé le *Télémaque* « pour servir de thèmes et d'instruction au duc de Bourgogne ». Mais son neveu, le marquis de Fénelon, « *m'a* assuré le contraire », à moi, Voltaire, et ma parole doit vous suffire, n'est-ce pas? — Bon, mais alors que Voltaire nous dise au moins *pourquoi* Fénelon a composé le *Télémaque*.

Ainsi Voltaire ramène tout à lui, à son *moi*. Si ce *moi* était celui de quelque idéaliste, il n'y aurait que demi-mal. Les choses nous seraient montrées à travers un prisme qui les ferait paraître plus belles et plus grandes. Mais, au lieu d'un prisme, c'est pour ainsi dire une lorgnette que Voltaire s'applique sur l'œil, *par le gros bout*. Je ne trouve pas d'autre comparaison pour expliquer combien il *rapetisse* tous les objets qu'il regarde. M. Faguet a dit de Voltaire que c'était « un homme qui aimait passionnément la littérature, sans bien la comprendre ». Sans bien la *sentir* plutôt, car, à la place de cœur, Voltaire n'a que des nerfs. En le lisant, on saisit mieux la portée de cette réflexion de Bossuet : « Toute connaissance est méprisable qui ne se tourne pas à aimer ». En effet, nulle lecture ne lui « élève l'esprit », jamais il n'a le moindre battement de cœur devant les plus purs chefs-d'œuvre. A Corneille, Racine, Bossuet, La Motte, J.-B. Rousseau, il applique indistinctement la même manière de juger : tout cela, pour lui, *c'est de la littérature*, et pas autre chose. Cet homme n'a *aimé* personne ; aussi ses ouvrages ne le font-ils pas aimer lui-même. Encore faut-il s'estimer heureux que Voltaire ait entrepris son *Siècle* pour vanter le passé aux dépens du présent, car, s'il l'eût écrit dans la disposition contraire, que n'eût-il pas dit contre les grands hommes qu'il pense louer !

Voltaire, c'est le *dénigrement* perpétuel. « Il avait une tendance à rabaisser, à dégrader les choses humaines et, jusque dans l'histoire, il restait le poète de *La Pucelle*. Il était rebelle à l'étonnement, réfractaire à l'admiration, le vrai maître de cette école où l'on croit avoir raison d'un trait d'héroïsme par une pantalonnade. Il professait volontiers que les plus grands effets proviennent des plus petites causes... C'est là le dernier mot de sa philosophie de l'histoire : *il n'a pas le sens des grandes choses* » (Brunetière, *op. cit.*). On ne saurait mieux dire : le sentiment du respect, même devant les gloires consacrées, lui manque. Aussi que de restrictions dans les éloges que l'évidence lui arrache !

Obligé de brûler des grains d'encens devant ceux qu'il proclame ses « dieux », il y jette à la dérobée des pincées nauséabondes[1].

Son procédé, c'est l'*insinuation*, le sous-entendu perfide, la réticence calculée. Il accorde un mérite à un écrivain, mais c'est pour le lui retirer bientôt après ; on dirait qu'il en a regret, comme s'il s'était fait tort à lui-même. Il est jaloux même des morts. Ses « amis », il ne les traite pas mieux. L'abbé Dubos auquel il dut beaucoup, est d'abord un homme « d'un très grand sens », mais ensuite, « *faute de génie* », il s'est étrangement trompé sur la nature de la haute comédie. On ne sait jamais à quel moment il faut prendre Voltaire au sérieux, si c'est quand il élève un homme, ou quand il le rabaisse : voyez comme il s'est contredit à propos de J.-B. Rousseau. Aussi bien ne juge-t-il jamais que par humeur, la plus détestable des méthodes en critique. Car alors les mêmes choses seront tour à tour mauvaises ou bonnes, selon la disposition du moment. Il faut plaindre les « délicats » du genre de Voltaire : toujours ils trouvent à mordre par quelque endroit. « Rien ne saurait les satisfaire » : ils commencent par caresser, ils égratignent ensuite.

Tous les écrivains du XVIIe siècle ont été ainsi traités par Voltaire, sans nulle exception. Il admire cette littérature *en bloc*, sauf à critiquer *en détail* chacun des auteurs qui la représentent. A part Racine (encore fait-il des restrictions sur la formation de son génie, sur l'intérêt actuel de ses tragédies, etc.), il n'en est aucun qu'il loue pleinement et d'enthousiasme. Rien

1. Il semble que ce soit pour lui que La Bruyère ait écrit : « Le plaisir de la critique nous ôte celui d'être vivement touchés de très belles choses » (*Ouv. de l'esp.*).

n'est négligé par lui de ce qui peut servir à déprécier le caractère ingénu et spontané des productions de l'art.

Cette inspiration qui ne l'a jamais transporté lui-même, il ne la reconnaît pas chez ceux-là qu'il proclame ses « maîtres ». Son plaisir, son but semble être de nous faire apercevoir sur les statues du marbre le plus pur des grains de poussière. On dirait que l'éloge des hommes du passé soit un vol fait à Voltaire et à son siècle.

Son siècle ! Il n'a pas été plus tendre ni plus juste pour lui. Empiétant sur la littérature contemporaine, grâce à une entorse faite à la chronologie, il n'a pas même su opposer à l'esprit de l'époque disparue, l'esprit de l'âge nouveau. S'il a omis d'analyser les lois du mouvement littéraire qui a produit le XVIIe siècle, il n'a pas davantage mis en regard les aspirations qui se faisaient jour. Ce combattant semble ne pas s'être rendu compte de la portée des coups qu'il donnait, mais alors pourquoi se hasarder dans la critique ?

Le malheur pour la critique de Voltaire, c'est qu'il n'a touché à rien où ses passions n'eussent point de part. Voltaire était trop près du XVIIe siècle pour pouvoir bien le juger. Il introduit la polémique partout dans le domaine apaisé de la science. Son *moi* tient trop de place dans cette œuvre où il devait n'y avoir de Voltaire que son art. Trop ennemi du travail pour discipliner sa pensée, il a écrit sur des matières d'histoire littéraire avec le décousu de la conversation courante. Son œuvre, médiocre comme valeur documentaire, vaut comme monument des préjugés du temps et des passions de l'homme. La partie littéraire du *Siècle de Louis XIV* peut se résumer en ces termes : *un beau style et une vilaine âme.*

APPENDICE

LE XVIIe SIÈCLE JUGÉ PAR D'ALEMBERT

Il est frappant comme d'Alembert s'est rencontré avec Voltaire dans la partie de son *Discours préliminaire* où il juge la littérature française. On pourra s'en convaincre par les extraits ci-dessous.

Pour d'Alembert comme pour Voltaire, arriver au XVIe siècle, c'est « sortir d'un long intervalle d'ignorance que des siècles de lumière avaient précédé ». Cet « intervalle d'ignorance », c'est le moyen âge, et ces « siècles de lumière », c'est l'antiquité. « En ces temps ténébreux (le Moyen-Age)... la poésie se réduisait à un mécanisme puéril ». C'est ainsi que d'Alembert juge trois siècles de poésie lyrique, où il se dépensa plus de talent personnel qu'aux XVIIe et XVIIIe siècles mêmes, du moins jusqu'à André Chénier, lequel ne fut connu qu'au XIXe siècle. A relever encore ces expressions : « l'état d'esclavage où toute l'Europe était plongée..., les ravages de la superstition qui naît de l'ignorance..., la barbarie..., l'engourdissement où les facultés de l'âme avaient été longtemps. » Ces manières de parler ne correspondent guère par exemple à l'activité littéraire dont un Guillaume de Champeaux ou un Abailard avaient été le centre. D'Alembert adopte trop docilement la « philosophie de l'histoire » qui est celle de *L'Essai sur les mœurs* et du *Siècle de Louis XIV*. De ce dernier ouvrage, il connaissit les éditions *partielles* qui avaient paru avant 1751 et qui étaient interdites en France.

La découverte de l'antiquité grecque, succédant à la prise de Constantinople (1453) et coïncidant avec l'invention de l'imprimerie, fut, d'après d'Alembert, un véritable coup de foudre ou coup de théâtre. Une ivresse de science s'empara des cerveaux, mais « la mémoire fut la seule faculté que l'on cultiva d'abord ». Voltaire pensait de même et c'est pourquoi il manifeste tant de dédain pour « les savants et commentateurs ». Ce fut « l'âge de l'imitation servile », où s'appesantissait sur les esprits « le joug de la latinité ». Rousard fit de la langue « un jargon barbare, hérissé de grec et de latin, mais heureusement il la rendit assez méconnaissable pour qu'elle en devînt ridicule ». D'Alembert partage sur ce point l'opinion commune, encore régnante aujourd'hui. La vérité est que Ronsard, par sa pratique et par ses théories[1], *réagit* contre la « grécanisation » du style, qui était pratiquée universellement autour de lui, et notamment dans l'école des « grands rhétoriqueurs ». Mais d'abord on paie toujours quelque tribut soi-même à une mode que l'on combat, ensuite, de tous ces littérateurs d'alors, Ronsard est le principal qui survive. Ainsi, les termes de comparaison manquant, on lui impute à lui seul le défaut qui est plutôt « spécifique » de ses contemporains. D'Alembert continue : l'excès de Ronsard appelait une réaction. « La langue fut réglée et perfection-

1. Voir la *Deffence et Illustration de la Langue françoise*, par Joachim du Bellay.

née par le goût », ce qui permit de naître « aux chefs-d'œuvre du dernier siècle ».

Les initiateurs de la grande époque, Malherbe et Balzac, sont jugés par d'Alembert à peu près de même que par Voltaire. Mais il mentionne Port-Royal, que Voltaire avait oublié. Il est plus favorable à Corneille, dont il cite les « Discours et Examens ». Ce poète « découvrit par la force de son génie, bien plus que par la lecture, les lois du théâtre ». C'est dire, en d'autres termes, que Corneille « s'était formé tout seul » (Volt.). En revanche, il n'y a rien de plus banal et de plus sec que les éloges décernés par d'Alembert à Racine, Molière, Boileau, La Fontaine, Bossuet, qui « alla se placer à côté de Démosthène ». D'Alembert ne trouve pas autre chose pour caractériser Bossuet.

Quinault et Lully sont indiqués en passant. Pas un mot sur Bourdaloue, La Rochefoucauld, La Bruyère, Massillon, Fénelon. Mais une assez longue digression sur les arts plastiques et la musique.

Voici la transition qui nous mène à cette « saine philosophie » si lestement expédiée par Voltaire : « Pendant que les arts et les belles-lettres étaient en honneur, il s'en fallait beaucoup que la philosophie fît le même progrès ». Alors, laissant de côté Montaigne, qui l'eût gêné, d'Alembert « charge à fond » contre la scolastique, « qui composait toute la science prétendue des siècles d'ignorance », et qui, unie à la théologie, a retardé beaucoup la philosophie dans la voie du progrès. En passant, d'Alembert règle aussi son compte à l'Inquisition. Il aborde alors l'éloge de Bacon, qu'il transforme bon gré mal gré en précurseur de l'Encyclopédie, à peu près comme les Romantiques firent plus tard de Chénier leur ancêtre. Mais il s'agissait de fabriquer aux Encyclopédistes des lettres de noblesse. D'Alembert déclare donc qu'il doit « au chancelier Bacon l'arbre encyclopédique que l'on trouvera à la fin de son Discours ».

Il passe à Descartes, dont il se demande s'il est plus géomètre ou plus philosophe. D'ailleurs, il le juge plus équitablement que Voltaire. Mais il estime que, si, « comme philosophe, il a été aussi grand (que Bacon), du moins n'a-t-il pas été si heureux ». La faute en fut à ces « tourbillons, devenus aujourd'hui presque ridicules ». Telle était exactement l'opinion de Voltaire. Ce dont Voltaire n'a pas songé à louer Descartes, c'est d'avoir « osé montrer aux bons esprits à secouer le joug de la scolastique, de l'opinion, de l'autorité, en un mot, des préjugés et de la barbarie ; et, par cette révolte dont nous recueillons aujourd'hui les fruits, il a rendu à la philosophie un service plus essentiel peut-être que tous ceux qu'elle doit à ses illustres successeurs ».

Newton « parut enfin et donna à la philosophie une forme qu'elle semble devoir conserver ». C'est le génie définitif, sur lequel d'Alembert s'étend longuement, en raison de sa compétence spéciale. Puis vient Locke, qui « créa la métaphysique, à peu près comme Newton avait créé la physique ». On le voit, d'Alembert est aussi enthousiaste que Voltaire. Newton et Locke sont ses deux « maîtres », les génies indiscutables, dont le nom est synonyme de lumière et de vérité.

Ensuite, des mentions honorables sont décernées à Galilée, Harvey, Huyghens, Pascal, « génie universel et sublime, dont les talents ne pourraient être trop regrettés par la philosophie, si la religion n'en avait profité ». Après ce trait de modération dont on ne trouverait pas l'analogue chez Voltaire, d'Alembert cite Bayle, Malebranche, Vesale, Sydenham, Bœrhave et consacre à Leibnitz toute une page, dont le résumé est que l'auteur de la *Monadologie* fut « moins *sage* que Locke et Newton,... et pas plus heureux que Descartes ».

On a pu remarquer que d'Alembert, dans son « palmarès », fait figurer les philosophes français et étrangers pêle-mêle. Les trente pages où il ramasse ainsi tout ce qui se distribue chez Voltaire en quatre chapitres séparés, ne renferment donc pas plus d'ordre. Ce défaut de composition est commun à presque toutes les œuvres, même les œuvres maîtresses, du XVIIIe siècle.

Nous ne suivrons pas d'Alembert dans l'examen de son propre siècle, qui était pour lui le siècle par excellence de la « philosophie », les deux autres étant, le premier, celui de l' « érudition », le second, celui des « Belles-Lettres »[1]. Notons seulement qu'il ne désigne le cartésien Fontenelle que par une périphrase d'ailleurs élogieuse. Quant à la littérature proprement dite, il se plaint que « nos ouvrages d'esprit soient en général inférieurs à ceux du siècle précédent ». Il croit donc, lui aussi, à la *décadence*, la décadence *littéraire*, s'entend.

A J.-B. Rousseau, il adresse cette courte oraison funèbre : « Poète célèbre par ses talents et par ses

1. Aug. Comte, le chef du positivisme moderne, distingue dans l'évolution de l'humanité trois *états* qui ne sont pas tout à fait ceux que reconnaît d'Alembert, positiviste du XVIIIe siècle. On est d'abord, suivant Comte, « religieux, puis métaphysicien, enfin savant ».

malheurs, qui a effacé Malherbe dans ses odes, et Marot dans ses épigrammes et dans ses épîtres ». C'était là rivaliser de courtoisie avec Voltaire. Se lisent ensuite quelques lignes sur Buffon, Rameau, Marivaux, désigné vaguement et dédaigneusement comme « celui à qui nous devons je ne sais quelle métaphysique du cœur qui s'est emparée de nos théâtres ». Puis une vive protestation contre les doctrines de l'autre Rousseau, Jean-Jacques, le transfuge de l'Encyclopédie. Nulle mention de Montesquieu, sur lequel Voltaire garde le même silence.

Le défilé est terminé. D'Alembert, bon sergent de bataille, ne donne pas encore pourtant le signal de « rompre les rangs ». Il faut que toutes ces gloires viennent — et c'est la cérémonie finale — s'incliner devant la statue de Voltaire, ce grand homme dont l'œuvre historique en particulier et l'œuvre en général « *n'avait aucun modèle, ni parmi les anciens, ni parmi nous* ». Ce trait de courtisanerie souligne péniblement les exagérations qui avaient rempli tout ce morceau, et qu'on eût été sans cela disposé à mettre au compte des préjugés de l'époque. Il nous rend toute liberté pour taxer d'Alembert de sécheresse extrême à l'égard des arts et des lettres et d'emphase puérile à l'égard du matérialisme encyclopédique.

CHAPITRE XXXII

DES BEAUX-ARTS [1]

La saine philosophie [2] ne fit pas en France d'aussi

1. Ce chapitre, qui succède dans *Le Siècle de Louis XIV* au chapitre sur les « Sciences », et qui précède le chapitre des « Arts » (proprement dits ou plastiques), serait plus exactement intitulé « Des Belles-Lettres ».

2. *La saine philosophie*. — Nous rétablissons l'adjectif *saine*, qui manque dans plusieurs éditions. Saine ou non, l'intervention de la « philosophie » crée au début de ce chapitre une équivoque.

S'il faut entendre sous ce terme la *science*, comme semble l'indiquer le contexte, Voltaire alors rentre dans la discussion qui ferait l'objet du chapitre précédent, où il a étudié superficiellement le mouvement scientifique en France sous Louis XIV. Mais il avait négligé d'y faire la balance entre les savants français et étrangers. Or on pourrait soutenir sans partialité nationale que l'apport de la France fut au moins égal à celui de l'étranger. Descartes est un aussi grand nom que Bacon dans l'histoire des méthodes scientifiques et un plus grand nom que Bacon dans l'ordre des découvertes mathématiques. Quant à Pascal, il était né avec les aptitudes scientifiques les plus étonnantes qui se soient jamais rencontrées chez aucun homme.

S'il faut entendre sous ce terme la *philosophie*, c'est-à-dire la métaphysique, là encore Voltaire est dans l'erreur. Car, si le XVIIe siècle français est, comme on l'a dit, un siècle de moralistes, il ne fut pas moins un siècle de métaphysiciens. Témoin Descartes et ses principaux disciples, Malebranche, Bossuet, Fénelon, etc. Mais ces métaphysiciens étaient des spiritualistes, et c'est pourquoi Voltaire, qui fit connaître à la France le sensualisme de Bacon et de Locke, et qui fut pour sa part un fervent adepte de cette doctrine, parle dédaigneusement de la philosophie française au XVIIe siècle. Tel semble bien être le fond de sa pensée, si l'on se souvient que, dans la langue de grands progrès qu'en Angleterre et à Florence [1] ; et si l'Académie des sciences [2] rendit des services à l'esprit humain, elle ne mit pas la France au-dessus des autres nations. Toutes les grandes inventions et les grandes vérités vinrent d'ailleurs [3].

Mais dans l'éloquence [4], dans la poésie, dans la littérature [5], dans les livres de morale et d'agré-

Voltaire, *philosophie* est presque toujours synonyme de ce que nous appelons aujourd'hui *sciences sociologiques*. Enfin, si l'on remarque l'épithète « saine », le doute n'est plus possible. La « saine philosophie » serait donc le matérialisme anglais

La confirmation de cette hypothèse nous est fournie par ces lignes du ch. XXXIV, intitulé *des Beaux-Arts en Europe au temps de Louis XIV* : « Depuis Platon jusqu'à lui (Locke), *il n'y a rien...* Locke seul a développé l'entendement humain, dans un livre où *il n'y a que des vérités* ; et, ce qui rend l'ouvrage parfait, toutes ces vérités sont claires. » Ainsi Voltaire a eu pour Locke une adoration qui allait jusqu'à la superstition, puisque lui, qui n'est habitué à jurer sur la parole d'aucun maître, il immole sans hésiter à Locke toute l'antiquité, sauf Platon, et tout le moyen âge Pour Voltaire, c'est la statue de Locke qu'il faut mettre à la place de celle de

Descartes, ce mortel dont on eût fait un dieu
Chez les païens...

1. *En Angleterre et à Florence.* — Allusion d'une part à Bacon, d'autre part à Galilée et à Torricelli.

2. *L'Académie des sciences.* — Elle avait été fondée par Colbert en 1666.

3. *Grandes inventions et vérités.* — La sévérité de ce jugement, d'ailleurs trop sommaire, provient de ce que, pour Voltaire, il n'y a de « grand » que ce qui flatte sa passion antireligieuse.

4. *Eloquence* — Ce terme ne doit pas être pris dans le sens restreint d' « art oratoire », il implique noblesse du style et dignité soutenue de l'expression. C'est dans cette acception que La Bruyère (*Ouv. de l'esprit*) a dit que « l'éloquence peut se trouver dans les entretiens et dans tout genre d'écrire. »

5. *Littérature.* — En dehors de la critique, on ne voit pas trop ce que cette expression peut représenter ici. Mais la critique ne faisait alors que de se constituer comme art ou comme science Avant Voltaire lui-même, elle n'avait guère été pratiquée que par Saint-Evremond, Boileau (*Réflexions sur Longin*, *Dialogue sur les héros de roman*, *Lettres et Œuvres*), La Bruyère,

ment [1], les Français furent les législateurs de l'Europe. Il n'y avait plus de goût en Italie [2]. La véritable éloquence était partout ignorée. Les prédicateurs citaient Virgile et Ovide ; les avocats [3], saint Augustin et saint Jérôme. Il ne s'était point encore trouvé de génie [4] qui

Fénelon (*Dial. sur l'Eloquence, Lettre à l'Académie*). Ce peu de travaux ne suffisait pas à faire des Français, à cet égard, « les législateurs de l'Europe ».

1. *Livres de morale et d'agrément.* — Ces livres de « morale » s'appellent *les Pensées* de Pascal, *les Maximes* de la Rochefoucauld, *les Caractères* de La Bruyère : viennent en seconde ligne les écrits d'Arnaud et de Nicole Quant aux livres « d'agrément », ou romans, comme nous dirions aujourd'hui, ce sont principalement l'*Astrée*, d'Honoré d'Urfé ; le *Polexandre*, de Gomberville ; la *Cassandre*. la *Cléopâtre* et le *Pharamond*, de la Calprenède ; les longs récits de Madeleine et de Georges de Scudéry : *Ibrahim, le Grand Cyrus, Clélie*, etc. ; les œuvres réalistes, à la façon du *Francion* de Charles Sorel, du *Roman comique*, de Scarron, du *Roman bourgeois* de Furetière; les premiers essais de roman « psychologique » qui firent la célébrité de Mme de la Fayette, *Zayde, la Princesse de Clèves*.

2. *Plus de goût en Italie.* – Il n'y en avait pas davantage en Espagne : dans le premier de ces deux pays, c'était le « marinisme » qui dominait, et dans le second, le « gongorisme ». Le goût classique s'est formé par une combinaison de ces deux influences étrangères avec l'imitation de l'antiquité et le « sel gaulois ». La prédominance du goût italien dans certains milieux aristocratiques engendra l'esprit « précieux », tant combattu par Molière et Boileau, ces « législateurs », soit du « Parnasse », soit des « bienséances ».

3. *Les prédicateurs...* et les avocats. — Cela est à la lettre. L'habitude de citer des auteurs profanes ne disparut pas de sitôt de la chaire chrétienne, Bourdalone lui-même commit bien des fois cette faute de goût. Quant aux avocats, l'auteur des *Plaideurs* a parodié dans le discours de l'Intimé leur ancienne manie de citer, outre les Pères de l'Eglise, les Grecs et les Latins. Il y a telle plaidoirie du plus célèbre d'entre eux au XVIIe siècle, Le Maître, où Virgile est appelé par lui à la rescousse de la maison de Chabannes, dans un procès de substitution. A plus forte raison citaient-ils, en ces temps de religion, les Pères de l'Eglise, par déférence ou par respect. On leur faisait alors un grand mérite de cette sorte d'érudition.

4. *Génie.* — C'est à dire : d'homme supérieur. Quatre lignes plus bas le même mot signifie simplement : homme de talent. — Tous ces divers sens sont contenus dans le latin : *ingenium*.

eût donné à la langue française le tour, le nombre, la propriété du style et la dignité [1]. Quelques vers de Malherbe faisaient sentir seulement qu'elle était capable de grandeur et de force, mais c'était tout [2]. Les mêmes génies qui avaient écrit très bien en latin, comme un président De Thou [3], un chancelier de l'Hospital, n'étaient plus les mêmes quand ils maniaient leur propre langage, rebelle entre leurs mains, Les Français n'étaient encore recommandables que par une certaine naïveté, qui avait fait le seul mérite de Joinville, d'Amyot, de Marot, de Montaigne, de Régnier, de la *Satire Ménippée*. Cette naïveté tenait beaucoup à l'irrégularité, à la grossièreté [4].

1. *Dignité*. — Jugement trop absolu et qui marque que les lectures de Voltaire ne remontaient pas au delà du XVIIe siècle. Autrement il se fût aperçu que déjà Calvin, Rabelais et Montaigne s'étaient préoccupés du « tour, du nombre », et avaient été curieux de la « propriété du style ». M. Gustave Lanson l'a péremptoirement démontré dans son *Art de la prose*, récemment publié.

2. *Quelques vers de Malherbe*. — Trop dédaigneux pour la poésie du XVIe siècle, que Voltaire semble ignorer entièrement. Si l'on invoque le peu d'affinités de Voltaire pour Ronsard, du Bellay, d'Aubigné, du moins Clément Marot méritait d'être mieux connu par son « petit-fils ». L'auteur du *Siècle de Louis XIV* emprunte trop souvent et trop textuellement ses jugements à l'auteur de l'*Art poétique*.

3. *De Thou... L'Hospital*. — Exact : ni de Thou, ni l'Hospital n'osèrent confier à la langue « commune » l'un son *Histoire*, l'autre, ses *Poésies* ou ses *Harangues*, qu'ils écrivirent en latin, en fort bon latin. Cette langue devait d'ailleurs disputer longtemps encore son antique privilège de langue savante : le *Discours de la Méthode* de Descartes parut d'abord en latin, mais il ne devint célèbre qu'une fois traduit en français ; avant Pascal, on n'avait jamais eu d'exemple de discussion théologique présentée en français : enfin, au temps même de Voltaire, Rollin délibéra encore s'il composerait en français son *Traité des Etudes*.

4. *Naïveté*. — Réduire tout le mérite de notre ancienne langue à de la « naïveté », et rattacher cette naïveté à de « l'irrégularité et à de la grossièreté », c'est là un de ces jugements

Jean de Lingendes, évêque de Mâcon, aujourd'hui inconnu, parce qu'il ne fit point imprimer ses ouvrages, fut le premier orateur qui parla dans le grand goût [1]. Ses sermons et ses oraisons funèbres, quoique mêlés encore de la rouille de son temps, furent le modèle des orateurs qui l'imitèrent et le surpassèrent. L'oraison funèbre de Charles-Emmanuel [2], duc de

tranchants et lestement rendus qui n'attestent que l'assurance du critique. Répétons que sur cette question de nos origines littéraires Voltaire partage tous les préjugés de Boileau. Il n'a non plus que lui feuilleté ces vieux écrivains :

J'ai peu lu ces auteurs,

pourrait-il dire, lui aussi, et ajouter : néanmoins je les juge. La « naïveté » de Joinville et d'Amyot est une naïveté bien savante ; quant à Marot, à Montaigne, à Régnier, il faut beaucoup de bonne volonté pour trouver chez eux rien qui ressemble à de la naïveté. Enfin les Ligueurs, ridiculisés par les auteurs de la *Satire Ménippée*, et flagellés par d'Aubigné, eussent bien voulu avoir affaire en eux à des écrivains « naïfs ». On ne parlerait pas autrement de telle de nos vieilles « chansons de geste » ou de tel de nos vieux « mystères ». La « naïveté » n'a qu'un temps. Ce temps, aux abords du XVIIe siècle, était déjà bien loin.

Que de noms l'équité voudrait qu'on ajoutât à la liste de Voltaire ! Calvin, Rabelais, le chancelier Pasquier, Henri Estienne, La Noue, Monluc, Charron, etc., tous fort peu « naïfs », chacun en son genre.

1. *Jean de Lingendes* ne jouit pas en son temps de plus de réputation que son cousin Claude de Lingendes, jésuite. C'est ce qui a fait supposer au cardinal Maury (*Essai sur l'éloquence de la Chaire*, ch. XXX) que Voltaire avait confondu les deux Lingendes l'un avec l'autre. M Jacquinet, de nos jours, s'est rangé à l'avis du cardinal Maury (*Les prédicateurs du XVIIe siècle avant Bossuet*). Il prétend (qu'en sait-il, puisque les sermons de l'évêque de Mâcon sont perdus?) que Voltaire a singulièrement exagéré le mérite de cet orateur. De son côté M. Hurel (*Les orateurs sacrés à la cour de Louis XIV*) discute contre Maury et Jacquinet le fait de la prétendue confusion et restitue à Jean ce qui, suivant lui, n'appartient pas à Claude. Jean de Lingendes est encore célèbre par son éloge funèbre de Louis XIII, dont il avait été l'aumônier.

2. *Charles-Emmanuel*. — Erreur de Voltaire, déjà relevée par le cardinal Maury. C'est de Victor Amédée, mort en 1637, et fils du précédent, que Lingendes a fait l'oraison funèbre.

Savoie, surnommé *le Grand* dans son pays, prononcée par Lingendes en 1630, était pleine de si grands traits d'éloquence, que Fléchier, longtemps après, en prit l'exorde tout entier, aussi bien que le texte et plusieurs passages considérables, pour en orner sa fameuse oraison funèbre du vicomte de Turenne [1].

Balzac en ce temps-là donnait du nombre et de l'harmonie à la prose [2]. Il est vrai que ses lettres étaient des harangues ampoulées ; il écrivit au premier cardinal de Retz [3] : « Vous venez de prendre le sceptre des rois et la livrée des roses ». Il écrivait de Rome à Bois-Robert, en parlant des eaux de senteur : « Je me sauve à la nage dans ma chambre, au milieu des parfums ». Avec [4] tous ces défauts, il charmait l'oreille. L'élo-

1. Voltaire ne s'aperçoit pas qu'en accusant ainsi Fléchier d'une sorte de plagiat, il se contredit, puisque, d'après lui, les « ouvrages » de Jean de Lingendes n'auraient pas été imprimés. Comment Fléchier aurait-il pu copier ce qui n'avait peut-être jamais été même écrit? En réalité, ce sont seulement les *sermons* de l'évêque de Mâcon qui n'ont pas été recueillis. Quant aux deux oraisons funèbres mises en cause, le cardinal Maury, qui, lui, a pris la peine de les lire toutes les deux, a montré que la dette de Fléchier envers son devancier se réduit à fort peu de chose : deux ou trois idées çà et là, une trentaine de lignes en tout, et rien de commun entre le texte et l'exorde des deux discours.

2. *Balzac.* — C'est ce qui a inspiré à Sainte-Beuve ce mot que Balzac a fait faire à la langue française sa rhétorique. Balzac est le Malherbe de la prose.

3. *Retz.* — Le premier cardinal de Retz, grand oncle de l'auteur des *Mémoires*, mourut en 1616. Balzac, n'ayant alors que vingt ans, ne pouvait guère avoir eu l'occasion d'adresser ce compliment ridicule à un prélat plus qu'octogénaire. Et en effet ce n'est que cinq ans plus tard qu'il écrivit quelque chose d'analogue, moins forcé pourtant comme hyperbole, au cardinal de la Valette, pour le féliciter de sa récente promotion à la pourpre : « Vous quitterez le deuil (allusion à la couleur de la soutane des simples prêtres), pour vous habiller de la couleur des roses ».

4. *Avec.* — Synonyme de *malgré.* On emploie de même en allemand *bei.*

quence [1] a tant de pouvoir sur les hommes, qu'on admira Balzac dans son temps, pour avoir trouvé cette petite partie de l'art ignorée et nécessaire, qui consiste dans le choix harmonieux des paroles, et même pour l'avoir employée souvent hors de sa place [2].

Voiture [3] donna quelque idée des grâces légères de ce style épistolaire, qui n'est pas le meilleur, puisqu'il ne consiste que dans la plaisanterie. C'est un baladinage [4] que deux tomes de lettres dans lesquelles il n'y en a pas une seule instructive, une seule qui parte du cœur [5], qui peigne les mœurs du temps et les caractères des hommes ; c'est plutôt un abus qu'un usage de l'esprit.

La langue commençait à s'épurer et à prendre une forme constante [6]. On en était redevable à l'Académie

1. *L'éloquence.* — On voit par cet exemple de Balzac, qui n'a jamais « parlé », qu'il s'agissait bien ci-dessus de l'éloquence « écrite ». En effet, Balzac, dans ses divers traités (*Aristippe*, *Le Prince*, *Le Socrate chrétien*) rechercha ce « choix harmonieux des paroles » par lequel son œuvre rappelle ce que Cicéron réalisa dans la prose latine.

2. *Hors de sa place.* — Sentence irréprochable. Voltaire, qui est le naturel même, ne pouvait manquer de blâmer en Balzac la tension continuelle de l'expression. « Tant d'éclairs m'éblouissent », dirait-il, lui aussi, comme Fénelon, parlant de l'écrivain qui veut avoir trop d'esprit.

3. Voiture, le roi des beaux-esprits, conserva pendant tout le cours du XVIIe siècle ce prestige qui avait fait de lui l'idole de l'hôtel de Rambouillet. La Fontaine, après avoir été son admirateur, l'abandonna (« Certain écrivain... pensa me gâter »), mais Boileau lui resta fidèle et La Bruyère, dans ses *Ouvrages de l'esprit*, le mit hors concours. Voltaire donna le signal de la réaction contre l'influence de cette réputation surfaite.

4. *Baladinage* est excessif, *badinage* suffisait bien comme sévérité.

5. *Du cœur.* — Voltaire, lui, a écrit bien plus de deux tomes de lettres, qui « peignent toutes les mœurs et le caractère... » de Voltaire, et dont *aucune* ne « part du cœur ».

6. *Constante.* — C'est-à-dire « à se fixer ». Voltaire, médiocre philologue, croit qu'il vient une époque où une langue se fixe,

française [1], et surtout à Vaugelas[2]. Sa *Traduction de Quinte-Curce*, qui parut en 1646, fut le premier bon livre écrit purement ; et il s'y trouve peu d'expressions et de tours qui aient vieilli.

Olivier Patru [3], qui le suivit de près, contribua beaucoup à régler, à épurer le langage ; et, quoiqu'il ne passât pas pour un avocat profond, on lui dut néanmoins l'ordre, la clarté, la bienséance, l'élégance du

comme une girouette rouillée. Les langues, ainsi que toute institution humaine, sont dans un « perpétuel devenir », et c'est pourquoi il n'est pas vrai que par exemple Corneille ait jamais, comme le répète sans cesse Voltaire, « mal écrit » : il a écrit la langue de son temps.

1. *Académie française.* — Cette compagnie était encore de trop récente fondation (1635) pour avoir rendu un tel service à la langue. D'ailleurs ce ne fut jamais *en tant qu'Académie* qu'elle eut à « épurer » ou à perfectionner. La main des *Précieuses*, qui n'étaient pas encore les Précieuses « ridicules », doit bien plutôt se reconnaître ici. Ce fut cette société qui « débrutalisa » (Mme de Rambouillet) l'idiome national. L'académie, consciente de sa mission dès son origine, se refusa de tout temps à intervenir directement dans ces querelles grammaticales pour lesquelles s'est toujours passionné le public français. Nulle part plus que chez nous la langue n'est une création populaire et spontanée.

2. *Vaugelas* exerça sur la régularisation du langage une influence plus décisive par ses fameuses *Remarques sur la langue française* (1647) que par sa *Traduction de Quinte-Curce.* Ce sont les *Remarques* qui jouirent auprès des lettrés d'une autorité légitime et qui fixèrent pour longtemps « le bel usage ». D'ailleurs Voltaire fait erreur sur la date de la publication de *Quinte-Curce.* Cette traduction, à laquelle Vaugelas travailla 30 ans de sa vie, ne parut qu'en 1653, c'est-à-dire trois ans après la mort de son auteur.

3. *Patru.* — Patru, qui compte surtout comme avocat, doit être mis au-dessous de Vaugelas, dont il continua les *Remarques.* Pourtant Saint-Evremond le range, avec Vaugelas et d'Ablancourt, parmi « ceux qui ont mis notre langue dans la perfection » (dissertation sur le mot *vaste*). Il était le conseiller de Boileau, qui l'appelait « le Quintilien de notre siècle ».

A côté de Vaugelas et de Patru, on peut citer comme ayant exercé une influence heureuse sur le goût dans l'éloquence Antoine le Maître (1608-1658), Omer Talon (1595-1653), Barbier d'Aucourt (1641-1694), Claude Erard († 1700), très apprécié par d'Aguesseau.

discours, mérites absolument inconnus avant lui au barreau.

Un des ouvrages qui contribuèrent le plus à former le goût de la nation et à lui donner un esprit de justesse et de précision [1], fut le petit recueil des *Maximes* de François, duc de la Rochefoucauld. Quoiqu'il n'y ait presque qu'une vérité [2] dans ce livre, qui est que l'*amour-propre est le mobile de tout*, cependant cette pensée se présente sous tant d'aspects variés, qu'elle est presque toujours piquante. C'est moins un livre que des matériaux [3] pour orner un livre. On lut avidement ce petit recueil ; il accoutuma à penser et à renfermer ses pensées dans un tour vif, précis et délicat. C'était un mérite que personne n'avait eu avant lui [4] en Europe depuis la renaissance des lettres.

1. *Précision.* — Tout le début de cet alinéa semblait annoncer *Les Provinciales*, qui ayant achevé de paraître en 1657, sont donc antérieures de huit années à la première édition des *Maximes*. L'immortel pamphlet de Pascal est en date le premier ouvrage qui marque la constitution de notre prose classique.
2. *Vérité.* — Tel est le genre de raisonnement de Voltaire : supposer acquis ce qui est douteux ou faux. La maxime fondamentale de La Rochefoucauld a bien plutôt l'air d'une erreur que d'une « vérité », en raison de la généralisation intrépide qu'elle contient. C'est le cas de répéter avec Pascal : « Vérité en deçà, erreur au delà ». Mais l'adhésion à la doctrine de la morale de l'« égoïsme », professée par La Rochefoucauld, rentrait dans le système général de Voltaire, et c'est pourquoi il n'a fait sur le principe même aucune des réserves les plus élémentaires qui s'imposent au critique.
3. *Matériaux.* — Cela pourrait se dire plus justement d'un ouvrage comme les *Pensées* de Pascal. Au contraire le petit recueil des *Maximes*, par cela même qu'il est très systématique et qu'il forme d'un bout à l'autre la démonstration d'une thèse, peut prétendre plus qu'aucun autre recueil similaire (La Bruyère, Vauvenargues, Duclos, Joubert, etc.) à s'appeler un *livre*.
4. *Personne avant lui.* — Du moins dans la littérature imprimée, car en fait le genre des Maximes était, à l'époque de La Rochefoucauld, un divertissement de salon très en vogue.

Mais le premier [1] livre de génie qu'on vit en prose fut le recueil des *Lettres provinciales*, en 1656. Toutes les sortes d'éloquence y sont renfermées. Il n'y a pas un seul mot qui, depuis cent ans, se soit ressenti du changement qui altère souvent [2] les langues vivantes. Il faut rapporter à cet ouvrage l'époque de la fixation du langage. L'évêque de Luçon, fils du célèbre Bussi [3], m'a dit qu'ayant demandé à M. de Meaux quel ouvrage il eût mieux aimé avoir fait, s'il n'avait pas fait les siens, Bossuet lui répondit : Les *Lettres provinciales*. Elles ont beaucoup perdu de leur piquant [4] lorsque les Jésuites ont été abolis [5], et les objets de leurs disputes méprisés [6].

1 *Le premier*. — On se demande alors pourquoi Voltaire n'a pas interverti l'ordre de ces deux paragraphes (v. ci-dessus l'Introduction).

2. *Altère souvent* et même continuellement les langues vivantes. C'est pour cette raison qu'il n'est pas logique de dire qu'elles soient jamais « fixées ». Se « fixer », ce serait pour une langue « s'immobiliser ». Il n'y aurait plus alors pour elle « d'évolution » possible (v. p. 43, n. 6).

3. *Bussi*, le célèbre Bussi-Rabutin, cousin de Mme de Sévigné.

4. *Piquant*, c'est-à-dire de leur actualité. Evidemment les *Pensées* ont un intérêt humain plus général et plus profond que les *Provinciales*. Mais d'abord Voltaire ne fait même pas mention ici des *Pensées*, sans doute parce que cet ouvrage humilie trop à ses yeux la raison humaine et que, toucher à la Raison, c'est toucher à Voltaire lui-même. Ensuite Voltaire était trop l'auteur du *Mondain* pour pouvoir comprendre les *Pensées*. Enfin l'intérêt théologique est la moindre chose que nous cherchions aujourd'hui dans les *Provinciales*.

5. *Jésuites..... abolis*. — Quand la dernière édition du *Siècle de Louis XIV*, donnée du vivant de l'auteur, parut (1775), l'ordre des Jésuites était en effet aboli depuis treize ans. Mais comme cette suppression ne devait être que temporaire (Voltaire la croyait apparemment définitive), il en résulte que le « piquant » des *Provinciales* put se renouveler à leur rentrée sous la Restauration.

6. *Méprisés*. — Voltaire a consacré tout un chapitre du *Siècle de Louis XIV*, le XXXVIIe, à expliquer les causes de ce « mépris ».

Le bon goût qui règne d'un bout à l'autre dans ce livre et la vigueur des dernières lettres [1] ne corrigèrent pas d'abord [2] le style lâche, diffus, incorrect et décousu qui depuis longtemps était celui de presque tous les écrivains, des prédicateurs et des avocats.

Un des premiers [3] qui étala [4] dans la chaire une raison toujours éloquente [5], fut le père Bourdaloue vers l'an 1668 [6]. Ce fut une lumière nouvelle [7]. Il y a eu après lui d'autres orateurs de la chaire, comme le père Massillon [8], évêque de Clermont, qui ont répandu dans

1. *Vigueur des dernières lettres*, notamment la véhémente apostrophe contenue dans la XIIIe lettre sur l'*Homicide*. Pascal y démasque les diverses « Impostures » des Jésuites.

2. *D'abord* = de prime abord, tout de suite.

3. *Un des premiers*. — Bien loin d'être le « premier », Bourdaloue avait été précédé par Bossuet de dix ans, comme Voltaire va le dire lui-même plus bas. Il y a ici la même marche en zigzag que tout à l'heure à propos de Pascal et de La Rochefoucauld. Voltaire suit son caprice plutôt que l'ordre des dates (Voir l'Introduction).

4. *Etala* est le mot propre : « ces exemples qui *étalent* aux yeux du monde sa vanité tout entière » (Bossuet).

Vous *étalez* en vain des charmes impuissants (Corneille).

5. *Raison éloquente* caractérise bien Bourdaloue, le dialecticien consommé, qui remplace la passion par la logique animée.

6. 1668. — Exactement en 1669. Les dix années précédentes (1659-1669) avaient été remplies par la prédication parisienne de Bossuet.

7. *Lumière nouvelle*. — Injuste pour Bossuet. Voltaire cherche toujours à rehausser le talent au détriment du génie. Instinctivement il se range aux côtés des hommes de second ordre.

En outre de Bossuet, les autres prédécesseurs de Bourdaloue furent principalement : le P. Senault, mort général de l'Oratoire ; le P. Audiffret, oncle de Fléchier ; le P. Le Jeune.

Ses principaux émules contemporains furent Mascaron, le P. de la Rue, Fléchier, surnommé l'Isocrate français, le P. Cheminais, Antoine Anselme, surnommé le Petit Prophète.

La prédication protestante était alors représentée par Claude et Saurin.

8. Si Voltaire s'est borné à citer Massillon, c'est sans doute à cause de la vogue dont jouit au XVIIIe siècle l'évêque de Clermont. Voltaire avait, dit-on, toujours sur sa table un exemplaire du *Petit Carême*. Le genre de talent de Massillon

leurs discours plus de grâces, des peintures plus fines et plus pénétrantes des mœurs du siècle ; mais aucun ne l'a fait oublier. Dans son style plus nerveux que fleuri, sans aucune imagination dans l'expression, il paraît vouloir plutôt convaincre que toucher ; et jamais il ne songe à plaire [1].

Peut-être serait-il à souhaiter qu'en bannissant de la chaire le mauvais goût qui l'avilissait [2], il en eût banni aussi cette coutume de prêcher sur un texte [3]. En effet, parler longtemps sur une citation d'une ligne ou deux, se fatiguer à compasser tout son discours sur cette ligne, un tel travail paraît un jeu peu digne de la gravité de ce ministère [4]. Le texte devient une

est de ceux qui agréent le mieux aux philosophes et aux rationalistes. On peut être plus spirituel que Bourdaloue, et Massillon le fut, mais l'oratorien Massillon n'a rien ajouté à la « finesse et à la pénétration » du Jésuite Bourdaloue.

La peinture des « mœurs du siècle » est en effet le domaine favori de Bourdaloue et de ses imitateurs, à la différence de Bossuet, qui, se faisant une idée plus haute de sa mission, prêcha presque exclusivement le *dogme*. L'évêque de Meaux appliqua scrupuleusement les idées qu'il avait exposées dans son beau sermon sur la *Parole de Dieu*. Vers la fin de sa vie, il se plaignait « qu'un grand nombre de prédicateurs commençaient à négliger de prêcher les mystères ».

1. *Songe à plaire*. — Sinon par le choix de ses sujets et par les nombreux *portraits* dont il a semé ses sermons. C'est par ces portraits, dont l'application était parfois si transparente, qu'il s'acquit surtout sa popularité.

2. L'honneur de cette œuvre d'épuration appartient plutôt à Bossuet.

3. Feugère, dans sa magistrale *Etude sur Bourdaloue*, a relevé en excellents termes toute la légèreté dont est empreinte cette affirmation de Voltaire, lequel semble ne voir dans la prédication qu'un genre purement littéraire et de convention. Il ne dépendait pas d'ailleurs de Bourdaloue de « bannir cette coutume » ; expliquer au peuple la parole de Dieu, développer un texte sacré, ce qui s'appelle proprement « faire une homélie », n'est pas une « coutume », mais le devoir essentiel du prêtre.

4. *Gravité de ce ministère*. — Voltaire donnant des leçons de « gravité » aux ministres de Dieu et leur enseignant les obligations du sacerdoce, c'est presque du haut comique.

espèce de devise, ou plutôt d'énigme [1], que le discours développe. Jamais les Grecs et les Romains [2] ne connurent cet usage. C'est dans la décadence [3] des lettres qu'il commença, et le temps l'a consacré.

L'habitude de diviser toujours en deux ou trois points des choses qui, comme la morale, n'exigent aucune division [4], ou qui en demanderaient davantage, comme la controverse, est encore une coutume gênante [5], que le père Bourdaloue trouva introduite, et à laquelle il se conforma.

Il avait été précédé [6] par Bossuet, depuis évêque de

1. *Enigme.* — Le texte ne devient tel que dans la bouche des prédicateurs à l'esprit subtil et mondain. Rien n'est simple comme les plans des sermons de Bossuet.

2. *Grecs et Romains.* Espèce de truisme. Evidemment les païens ne connurent ni les sermons, ni même la prière.

3. *Décadence.* — Ainsi le *Sermon sur la mort* de Bossuet, par exemple, est un fruit de la « décadence des lettres » !

Répétons avec Molière :

Celui-là ne s'attend point du tout.

Voltaire ne s'aperçoit point qu'il place la « décadence » au beau milieu de l'un de ses « quatre grands siècles », c'est-à-dire à l'époque dont il fait le point culminant de l'esprit humain.

4. *Division.* — Il est certain au contraire que, pour bien élucider un point de morale, il faut le « diviser », comme il faut diviser toute question de théologie ou de philosophie. C'est de là qu'est sortie la *casuistique*. Ainsi c'est une erreur de croire que la casuistique ait été inventée par des Jésuites : elle est plus ancienne que le dogme, tout aussi ancienne que la morale même. La morale des Stoïciens n'était assurément pas « relâchée », pourtant elle s'appuyait sur la casuistique.

Ce que Voltaire aurait dû se borner à reprocher à Bourdaloue, c'est l'excès des divisions. On peut condamner l'abus d'une chose sans en proscrire l'usage. Ainsi avait fait l'auteur des *Dialogues sur l'éloquence*, du vivant même de Bourdaloue.

5. *Coutume gênante.* — V. p. 48 n. 3. Voltaire voudrait que, dans l'affaire du salut des âmes comme toute autre affaire, on sacrifiât tout au plaisir intellectuel. L'art est fait pour cela, et non la religion.

6. *Précédé.* — V. p. 47 n. 3.

Meaux. Celui-ci, qui devint un si grand homme, s'était engagé dans sa grande jeunesse à épouser Mlle Desvieux, fille d'un rare mérite [1]. Ses talents pour la théologie, et pour cette espèce d'éloquence qui le caractérise [2], se montrèrent de si bonne heure [3], que ses parents et ses amis le déterminèrent à ne se donner qu'à l'Eglise. Mlle Desvieux l'y engagea elle-même, préférant la gloire qu'il devait acquérir [4] au bonheur de vivre avec lui. Il avait prêché assez jeune devant le roi et la reine mère en 1662, longtemps avant que le père Bourdaloue fût connu [5]. Ses discours, soutenus

1. Ce petit roman à la Corneille, par lequel Bossuet aurait préludé à sa vocation religieuse, a été justement traité par M. Brunetière de « pure *fable* » (art. *Bossuet* de la *Grande Encyclopédie*). En tant qu'imputation calomnieuse, accueillie avec empressement par Voltaire, il fut mis en circulation par un certain J.-B. Denys, prêtre renégat du diocèse de Meaux, dans un pamphlet intitulé *Mémoires et anecdotes de la Cour et du clergé de France*. Le cardinal de Bausset (*Pièce justificative du liv. Ier ; appendice*), dont les conclusions ont depuis été confirmées par Floquet (*Etudes sur la vie de Bossuet*, t. I, p. 555-585), a défendu avec vivacité la mémoire de Bossuet contre cette légende. Bornons-nous à extraire de la copieuse enquête du cardinal de Bausset une preuve péremptoire : à l'époque où Bossuet s'engage dans l'Eglise (en 1648, à 21 ans), Mlle Desvieux *n'était pas née*. Elle ne devait naître que 6 ans plus tard, en 1654.

2. *Caractérise*. — Périphrase qui ne dit rien. C'est à Voltaire qu'il appartiendrait justement de « caractériser » ici l'éloquence de Bossuet. Mais il n'admire dans Bossuet que des beautés littéraires et oratoires ; il ne voit pas que ce prélat est la plus parfaite incarnation du « grand siècle ».

3. *De si bonne heure*. — Allusion à la soirée de l'hôtel de Rambouillet et au mot d'esprit de Voiture : « Je n'ai jamais ouï prêcher ni si tôt ni si tard ». Bossuet, tonsuré dès l'âge de 8 ans, nommé, à 13 ans, chanoine de la cathédrale de Metz, prononça à 16 ans, en exécution d'une gageure, le sermon qui arracha à Voiture son cri d'admiration.

4. *Acquérir*. — On ne doutait pas autour de lui qu'il dût faire un beau chemin dans l'Eglise, où cependant son génie ne l'éleva pas jusqu'à la pourpre. Il n'avait pas vingt ans, qu'un de ses premiers protecteurs, Cospéau, évêque de Lisieux, prédit qu'il serait un jour « une des lumières de l'Eglise ».

5. Il prêcha dès 1659 (et non en 1662), le Carême dans l'église

d'une action noble et touchante, les premiers qu'on eût encore entendus à la cour [1] qui approchassent du sublime, eurent un si grand succès, que le roi fit écrire en son nom à son père, intendant de Soissons [2], pour le féliciter d'avoir un tel fils [3].

Cependant, quand Bourdaloue parut, Bossuet ne passa plus pour le premier prédicateur [4]. Il s'était déjà

des Minimes de la Place-Royale et avec un tel succès que la reine voulut l'entendre. Les sermons de Metz vont de l'année 1652 à l'année 1659. Il ne fut donc pas connu « longtemps » avant Bourdaloue, mais enfin c'était une raison de plus pour l'étudier avant Bourdaloue.

1. C'est Anne d'Autriche qui fit débuter Bossuet à la Cour. La reine-mère avait déjà remarqué le jeune chanoine à Metz, en 1657. Bossuet était en outre protégé par le maréchal de Schomberg, Mmes de Senecey et de Fleix ; enfin l'évêque Cospéau et saint Vincent de Paul l'avaient maintes fois recommandé à la reine.

2. *Soissons*. — Le père de Bossuet fut successivement avocat au Parlement de Dijon et conseiller au Parlement de Metz. Voltaire doit confondre avec un oncle ou un frère de Bossuet.

3. *Un tel fils*. — Louis XIV dicta en effet cette lettre au président Rose, secrétaire de son cabinet.

4. La Harpe lui aussi déclarera Bossuet « médiocre dans le sermon », et le croira inférieur à Fléchier et à Massillon. Mais il appartenait à Voltaire, qui fait profession de réhabiliter les siècles, les règnes et les hommes méconnus par l'opinion, de redresser précisément cette erreur qui fit attribuer à Bossuet prédicateur la seconde place au lieu de la première. Cette révision du classement devait être réservée à la critique moderne, qui juge *pièces en mains*.

Or les contemporains n'eurent pas ce secours. Ils entendirent *successivement* Bossuet et Bourdaloue (v. les dates p. 47 n. 6), et naturellement l'impression actuelle effaça l'impression ancienne, comme il arrive pour des acteurs célèbres. Bossuet, détaché de toute vanité littéraire, n'avait pas fait imprimer ses sermons, lesquels ne furent publiés, comme on sait, qu'après sa mort. On ne pouvait donc le comparer avec Bourdaloue que par le souvenir. D'autre part, Bourdaloue prêcha après Bossuet pendant 34 ans, et tel qui l'écoutait était donc trop jeune pour avoir pu entendre l'évêque de Meaux autrement que dans ses triomphantes oraisons funèbres.

Outre ces raisons de fait il y a des raisons d'ordre littéraire qui expliquent la préférence des contemporains pour Bourdaloue. Le célèbre jésuite, logicien avant tout, satisfait mieux que donné [1] aux oraisons funèbres, genre d'éloquence qui demande de l'imagination, et une grandeur majestueuse qui tient un peu à la poésie [2], dont il faut toujours emprunter quelque chose, quoique avec discrétion, quand on tend au sublime [3]. L'oraison funèbre de la reine mère, qu'il prononça en 1667, lui valut [4]

Bossuet ce goût pour la « raison raisonnante » qui était le tour d'esprit régnant parmi la société cartésienne du XVIIe siècle.

Doué de peu d'imagination, il correspond mieux à la *moyenne* intellectuelle des auditeurs que Bossuet, dont le sublime lyrique et parfois épique n'a été pleinement apprécié que depuis le romantisme. Enfin la prédication de Bossuet était plus austère que celle de Bourdaloue, ne contenait aucune concession à la malignité : Bossuet subjugue, Bourdaloue circonvient.

« Bossuet, déjà proclamé par la voix de son siècle un « Père de l'Eglise », se trouvait pour ainsi dire placé en imagination dans une sorte de lointain qui dispensait de le comparer avec ses contemporains sous les rapports vulgaires de l'éloquence et du talent ; on s'était accoutumé à ne le considérer que sous les traits plus augustes d'un pontife chargé du dépôt de la doctrine, et de veiller aux soins et aux intérêts de l'Eglise universelle » (Bausset, t. II, ch. 9).

L'esprit français aime classifier et étiqueter *ne varietur*. Il avait partagé les deux genres sacrés par province égale entre les deux rivaux : à Bossuet, l'oraison funèbre, à Bourdaloue, le sermon. La commodité de cette distinction en fit la solidité.

1. *Donné*. — On ne se « donne » pas aux oraisons funèbres. Après avoir fait ses preuves dans des sermons et dans des panégyriques, on est désigné par ses supérieurs ou par le gouvernement pour prononcer telle oraison funèbre dont l'occasion se présente. Si l'on réussit, on en est encore requis d'autres fois.

2. *Poésie*. — Cicéron avait déjà signalé cette affinité, qui est réelle, entre l'éloquence et la poésie : *In oratore... verba prope poetarum requirenda* (*de Orat.*, I, 28).

3. *Sublime*. — « Tendre » au sublime est le plus sûr moyen de le manquer. Quand le vieil Horace s'écrie :

Qu'il mourût !

ni l'auteur ni le héros ne se proposaient le sublime. Ils y ont été portés à leur insu par la situation.

4. *Valut*. — Voltaire insinue par là que Bossuet ressemble à ce prédicateur, qui, « débitant un sermon, médite un évêché ». Bossuet était au-dessus de tels calculs. Sa carrière épiscopale (il mourut simple évêque) fut inférieure à son mérite. Bossuet ne connut pas l'ambition. Il ne fut d'ailleurs nommé à l'évêché de Condom qu'en 1669.

l'évêché de Condom : mais ce discours n'était pas encore digne de lui [1] ; et il ne fut pas imprimé, non plus que ses sermons. L'éloge funèbre de la reine d'Angleterre, veuve de Charles Ier, qu'il fit en 1669, parut presque en tout un chef-d'œuvre. Les sujets de ces pièces d'éloquence sont heureux à proportion des malheurs [2] que les morts ont éprouvés. C'est en quelque façon comme dans les tragédies [3], où les grandes infortunes des principaux personnages sont ce qui intéresse davantage. L'éloge funèbre de Madame, enlevée à la fleur de son âge, et morte entre ses bras, eut le plus grand et le plus rare des succès, celui de faire verser des larmes à la cour [4] : il fut obligé de s'arrêter après ces paroles : « O nuit désastreuse, nuit effroyable, où retentit tout à coup, comme un éclat de tonnerre, cette étonnante nouvelle : Madame se meurt, Madame est morte ! », etc. L'auditoire éclata en sanglots ; et la voix de l'orateur fut interrompue par ses soupirs et par ses pleurs [5].

1. *Digne de lui.* — Qu'en peut savoir Voltaire, puisque cette oraison funèbre ne fut pas imprimée, non plus que celle du P. Bourgoing, prononcée en 1668 ? Quant à celle de Nicolas Cornet (1663), elle fut recueillie et imprimée par les soins d'amis officieux, mais Bossuet n'y reconnut pas son œuvre (1698). Pour les sermons, on sait que la publication en fut posthume et laborieuse.

2. *Heureux à proportion des malheurs.* — Quand La Bruyère annonçait vers 1688 l'avènement de l'*esprit* dans le style, il avait le pressentiment juste de l'évolution de la prose française. Par cette antithèse spirituelle, Voltaire signifie que, pour faire une belle oraison funèbre, il faut sans doute un grand orateur, mais tout autant un grand sujet.

3. Voltaire ne croyait pas à l'avenir de la « tragédie *bourgeoise* », fondée de son temps, parce que la médiocre condition des personnages qui y sont présentés comme éprouvés ne parle pas assez à l'imagination de la foule.

4. *Cour*. — Trait de satire, par lequel Voltaire insinue qu'à la Cour on est moins pitoyable qu'ailleurs.

5. *Soupirs et pleurs.* — Scène arrangée par Voltaire ; le suc-

Les Français [1] furent les seuls qui réussirent dans ce genre d'éloquence. Le même homme, quelque temps après, en inventa un nouveau [2], qui ne pouvait guère avoir de succès qu'entre ses mains. Il appliqua l'art oratoire [3] à l'histoire même, qui semble l'exclure. Son *Discours* [4] *sur l'histoire universelle*, composé pour l'éducation du Dauphin [5], n'a eu ni modèle ni imita-

cès de Bossuet fut réel, mais moins théâtral. — Remarquons que Voltaire ne mentionne pas l'oraison funèbre de Condé, qui passe pour la plus parfaite.

1. Le début du paragraphe suivant (sur le *Télémaque*) montre qu'il s'agit ici des Français par opposition aux Anciens et non aux étrangers. L'idée de Voltaire devient alors d'une évidence excessive : les Grecs et les Romains eussent été bien empêchés de réussir dans « ce genre d'éloquence », qui suppose la religion chrétienne. L'oraison funèbre eut en Grèce un caractère collectif et national, à Rome un caractère aristocratique et exclusif. La démonstration par l'exemple d'une vérité religieuse ne pouvait appartenir qu'à l'Eglise.

2. *Le même homme.... en inventa un nouveau.* — Toutes ces expressions, empreintes de sécheresse, sont peu convenables dans la circonstance. Elles tendent à rabaisser la personne et le génie de Bossuet, en ce qu'elles en font un simple auteur, uniquement préoccupé de chercher du nouveau, comme un homme de théâtre.

3. *Art oratoire.* — Innovation moindre que Voltaire ne se l'imagine. L'art oratoire avait déjà été appliqué à l'histoire par les Anciens, et notamment par Tite-Live, dont Taine a pu dire : *In historia orator.*

4. *Discours.* — C'est bien un « discours », au sens propre du terme. On l'a même appelé la meilleure des oraisons funèbres de l'auteur, à savoir l'oraison funèbre de l'Humanité. Bossuet y fait servir l'histoire à la démonstration de la thèse qu'on retrouve plus ou moins dans toutes ses oraisons funèbres, et notamment dans son sermon sur *la Providence*. Cette thèse peut se résumer par le texte sacré : « L'homme s'agite et Dieu le mène ».

5. *Composé pour l'éducation du Dauphin.* — Si le lecteur était tenté d'oublier cette destination spéciale, Bossuet la lui rappellerait par les formules dont il use fréquemment : « Vous savez, Mgr..., vous avez vu, Mgr, etc. » A cela près, rien dans le texte n'était à la portée du royal enfant. Bossuet ne savait pas, comme Fénelon, se rabaisser au niveau d'une intelligence enfantine.

teurs [1]. Si le système qu'il adopte [2] pour concilier la chronologie des Juifs avec celle des autres nations a trouvé des contradicteurs chez les savants [3], son style [4] n'a trouvé que des admirateurs. On fut étonné de cette force majestueuse dont il décrit les mœurs, le gouvernement, l'accroissement et la chute des grands empires, et de ces traits rapides d'une vérité énergique dont il peint et dont il juge les nations.

Presque tous les ouvrages qui honorèrent ce siècle étaient dans un genre inconnu à l'antiquité [5]. Le

1. *Ni modèle ni imitateurs.* — Le système exclusif adopté par Bossuet ne devait pas en effet lui attirer beaucoup « d'imitateurs », encore que Montesquieu se soit beaucoup inspiré de la troisième partie du *Discours* dans ses *Considérations*. Quant à des « modèles », on pourrait à la rigueur en trouver à Bossuet dans les écrits de saint Augustin, Orose, d'autres encore.

2. *Le système* adopté dans un ouvrage de ce genre en est la partie essentielle. Or c'est précisément, ainsi que le remarque Voltaire, ce qu'il y a de plus caduc dans le *Discours*.

3. *Contradicteurs chez les savants.* — Il va de soi que les grands progrès de la science historique et les découvertes de l'épigraphie, depuis Niebuhr jusqu'à Renan, ont infirmé sur bien des points les assertions de Bossuet, mais sur des points *de détail*, négligeables par conséquent dans un ouvrage dont la portée est toute d'édification.

4. *Son style.* — C'est dans la troisième partie (*Les Empires*) que Bossuet trouve surtout à déployer toutes les ressources de ce style justement vanté par Voltaire. On y admire la précision énergique du trait, l'éclat du coloris, la touche magistrale répandue sur l'ensemble du tableau. Bossuet a sans cesse de ces expressions trouvées qui font pénétrer jusqu'au fond de « l'âme d'un Romain ». Il résume, par des alliances heureuses d'expression, toute une situation. Là où il a bien vu, il dit le dernier mot de l'histoire sur les événements ou sur les hommes.

5. *Antiquité.* — La proposition contraire serait plus vraie : Presque *aucun* des ouvrages qui honorèrent le XVIIe siècle ne fut dans un genre inconnu à l'antiquité. — Tragédie, comédie, fable, épître, satire, œuvres morales, métaphysique, histoire, roman, épopée, dans tous ces genres, qui sont comme le résumé de la littérature du XVIIe siècle, l'antiquité offre des précédents. Voltaire se laisse entraîner trop loin par son admiration pour l'art du XVIIe siècle.

Télémaque [1] est de ce nombre. Fénelon, le disciple, l'ami de Bossuet, et depuis devenu malgré lui son rival et son ennemi [2], composa ce livre singulier, qui tient à la fois du roman et du poème, et qui substitue une prose cadencée à la versification [3]. Il semble qu'il ait voulu traiter le roman comme M. de Meaux avait traité l'histoire [4], en lui donnant une dignité et des charmes inconnus, et surtout en tirant de ces fictions une morale utile au genre humain, morale entièrement négligée dans presque toutes les inventions fabuleuses. On a cru [5] qu'il avait composé ce livre pour servir de thèmes et d'instruction au duc de Bourgogne et aux

1. *Le Télémaque* a suggéré plus d'imitations qu'il n'a eu de modèles. Cependant, comme *genre*, il n'est pas absolument nouveau. Qu'est-il en effet autre chose qu'une *Odyssée* en prose, dont la partie morale serait très développée ? En tout cas, Fénelon doit beaucoup, pour cet ouvrage, à Homère, et quelque chose à Virgile.

2. *Rival et ennemi.* — Sous la plume de Voltaire, ces deux épithètes ne viennent là que pour balancer la phrase. On croyait au contraire de son temps et jusqu'à nos jours que, dans cette affaire du *Quiétisme*, toute l'humilité chrétienne, avait été du côté de Fénelon. Mais la correspondance de Fénelon, récemment publiée, a fait justice de cette légende.

La vérité est que Fénelon n'était pas bon et qu'il était vindicatif et ambitieux. Ainsi Voltaire se trouve avoir par hasard pressenti le vrai Fénelon.

3. *Versification.* — Ce qui constitue d'ailleurs un genre dangereux et qui deviendrait aisément faux sous la main d'imitateurs malhabiles.

4. *L'histoire.* — Rapprochement bizarre et spécieux.

5. *On a cru.* — Voltaire, qui ne le croit pas, a donc été induit en erreur par le marquis de Fénelon, car le fait est dûment établi par les déclarations de l'auteur. « Je n'ai jamais songé qu'à amuser M. le duc de Bourgogne par ces aventures et qu'à l'instruire en l'amusant, sans jamais vouloir donner cet ouvrage au public. Tout le monde sait qu'il ne m'a échappé que par l'infidélité d'un copiste » (lettre de Fénelon au P. Le Tellier en 1710). Saint-Simon dépose dans le même sens : « C'étaient, dit-il, les thèmes de son pupille, qu'on déroba, qu'on joignit, qu'on publia à son insu ».

autres enfants de France [1], dont il fut le précepteur, ainsi que Bossuet avait fait son *Histoire universelle* pour l'éducation de Monseigneur. Mais son neveu, le marquis de Fénelon, héritier de la vertu de cet homme célèbre, et qui a été tué à la bataille de Rocoux, m'a assuré le contraire [2]. En effet, il n'eût pas été convenable [3] que les amours de Calypso et d'Eucharis eussent été les premières leçons qu'un prêtre eût données aux enfants de France.

Il ne fit cet ouvrage que lorsqu'il fut relégué dans son archevêché de Cambrai [4]. Plein de la lecture des

1. *Autres enfants de France.* — Quels étaient ces « autres enfants de France » dont Fénelon eût été le « précepteur » ? Il n'a jamais eu, que nous sachions, à gouverner d'autre prince que le duc de Bourgogne. Des hommes qui comprennent leur tâche comme un Bossuet et un Fénelon et qui la poussent si loin, ne peuvent suffire qu'à une seule éducation.

2. *Contraire.* — C'était à Voltaire à contrôler l'assertion du marquis. Sa critique est ici mise en défaut par sa vanité personnelle.

3. *Convenable.* — Mouvement de pruderie qui surprend de la part de l'auteur de *Candide* et de *La Pucelle d'Orléans.* A consulter seulement l'histoire de leur aïeul Louis XIV, les « enfants de France » devaient en voir bien d'autres ! L' « honnête homme » au XVIIe siècle ne se comprenait pas sans quelque amour au cœur et l'auteur de *Télémaque* ne se piquait pas de plus d'austérité que ne le comportaient et le sujet et l'œuvre et le héros.

4. *Relégué* est le terme exact, car le roi, en gratifiant Fénelon de ce poste, voulut moins récompenser l'ancien précepteur de son petit-fils, que l'éloigner de l'héritier du trône.

Mais Voltaire se trompe sur la date de la composition du *Télémaque.* L'ouvrage avait été composé au jour le jour, pour servir de « thèmes » au « pupille » du précepteur, comme on l'a vu ci-dessus. On sait qu'il était achevé en 1695, deux ans par conséquent avant la « relégation » à Cambrai. L'édition clandestine et tronquée est de 1699. La première édition complète fut publiée en 1717 par les soins du marquis de Fénelon.

L'archevêque de Cambrai a affirmé qu'il avait écrit ce roman au temps de sa plus grande faveur auprès du roi et que par conséquent toute arrière-pensée politique et satirique était loin de son esprit (lettre au P. Le Tellier déjà citée).

anciens, et né avec une imagination vive et tendre, il s'était fait un style qui n'était qu'à lui, et qui coulait de source avec abondance. J'ai vu son manuscrit original : il n'y a pas dix ratures [1]. Il le composa en trois mois, au milieu de ses malheureuses disputes sur le quiétisme [2], ne se doutant pas combien ce délassement était supérieur à ses occupations [3]. On prétend qu'un domestique [4] lui en déroba une copie, qu'il fit imprimer : si cela est, l'archevêque de Cambrai dut à cette infidélité toute la réputation qu'il eut en Europe ; mais il lui dut aussi d'être perdu pour jamais [5] à la cour. On

1. *Dix ratures.* — Ce détail nous montre combien les affirmations de Voltaire sont sujettes à caution. Le manuscrit du *Télémaque*, qui, des mains du marquis de Fénelon, est entré dans le dépôt de la Bibliothèque nationale, contient plus de 400 corrections. Outre ce manuscrit autographe, surchargé de ratures, il existe deux autres manuscrits, copies du manuscrit « princeps », et qui tous deux furent corrigés par l'auteur de mémoire et de façon plus ou moins heureuse.

D'ailleurs Voltaire, qui est fréquemment en désaccord avec lui-même, nous représente dans son *Temple du goût* « l'aimable auteur du *Télémaque* « retouchant » les répétitions et les détails inutiles de son roman moral ».

2. *Quiétisme.* — L'achèvement du *Télémaque* est antérieur de 4 ans à la condamnation obtenue de Rome par Louis XIV contre *Les Maximes des Saints.* C'est la publication du *Télémaque*, à laquelle Fénelon resta étranger, qui est contemporaine de cette condamnation. Il est donc présumable que l'auteur composa son roman d'éducation en toute tranquillité d'esprit.

3. *Occupations.* — Au contraire Fénelon devait penser qu'un ouvrage intéressant l'orthodoxie religieuse avait une bien autre importance qu'un « délassement » d'imagination. Le point de vue d'un Fénelon et celui d'un Voltaire sont tout à fait différents.

4. *Un domestique.* — C'était un valet de chambre, qui avait vendu le manuscrit volé à la veuve de Claude Barbin, imprimeur du palais. L'ouvrage parut sous ce titre : *Suite du 1er livre de l'Odyssée* ou *Les Aventures de Télémaque, fils d'Ulysse.* Le roi, ayant appris que Fénelon en était l'auteur, arrêta l'impression et interdit la publication. Mais Adrien Maetsens, libraire à La Haye, acheta le manuscrit à la veuve Barbin et fit paraître l'ouvrage (1699).

5. *Perdu pour jamais.* — Ce fut plutôt l'affaire du Quié-

crut voir dans le *Télémaque* une critique indirecte du gouvernement de Louis XIV [1]. Sésostris, qui triomphait avec trop de faste ; Idoménée, qui établissait le luxe dans Salente et qui oubliait le nécessaire, parurent des portraits du roi [2] ; quoique, après tout, il soit

tisme (1694-1699) qui commença la disgrâce officielle de Fénelon, mais la publication du *Télémaque* la rendit définitive.

Il est certain que ce fut à cause de sa querelle avec Bossuet que Fénelon fut exilé à Cambrai. C'est le 1er août 1697 que l'auteur des *Maximes des Saints*. ayant demandé au roi la permission d'aller défendre son livre à Rome, reçut l'ordre de se retirer dans son diocèse et de n'en plus sortir. Le 3 août il était en route. De ce jour date sa « relégation ».

1. Le *Télémaque* est en effet tour à tour un livre de pédagogie et une satire politique. Fénelon, il est vrai, s'est défendu avec chaleur d'avoir voulu censurer le roi et ses ministres, mais on sait ce que valent ces protestations intéressées. Ajouterait-on foi aux dénégations de Rabelais soutenant qu'il n'a pas voulu blâmer la manie conquérante de François Ier dans son *Pantagruel ?* La Bruyère a-t-il été écouté quand il s'est plaint des *Clefs* qu'on prétendait ajouter à ses *Caractères ?*

Même dans l'hypothèse de la sincérité, il resterait que Fénelon, à son insu, par la force des choses, par le seul fait qu'il exposait à un jeune prince, son élève, ses théories politiques et son idéal social (idéal chimérique d'ailleurs : le roi pasteur de son peuple, etc.), a été amené à conseiller et à vanter en toute chose... juste le contraire de ce qui existait.

2. *Portraits du roi.* — Idoménée est bien, en partie du moins, le reflet fastueux et belliqueux de Louis XIV : Sésostris et Adraste complètent la ressemblance. En quoi d'ailleurs Idoménée ressemble-t-il à un roi homérique ou à l'Evandre de Virgile ? Ne fait-il pas aussi naturellement penser à Louis XIV que Mentor à Fénelon et Télémaque au duc de Bourgogne ?

Les contemporains cherchèrent des « clefs » à la plupart des personnages du *Télémaque*. Pour eux, Protésilas était la transcription de Louvois, Philoclès, celle de Turenne, Astarbé, celle de Mme de Montespan ; Tyr était la Hollande ; dans les histoires de Pygmalion et de Baléazar ils retrouvèrent celles de Cromwell et de Charles II. Sans aller jusque-là, comment ne pas reconnaître dans la coalition des peuples de l'Italie contre Idoménée une allusion directe à la Ligue d'Augsbourg ? Aussi bien cette arrière-pensée politique est-elle une des causes du froid que l'on sent dans le *Télémaque*, malgré toutes les beautés de l'ouvrage.

impossible d'avoir chez soi le superflu [1] que par la surabondance des arts de la première nécessité. Le marquis de Louvois [2] semblait, aux yeux des mécontents, représenté, sous le nom de Protésilas, vain, dur, hautain, ennemi des grands capitaines qui servaient l'Etat et non le ministre.

Les alliés, qui dans la guerre de 1688 s'unirent contre Louis XIV, qui depuis ébranlèrent son trône dans la guerre de 1701, se firent une joie de le reconnaître dans ce même Idoménée dont la hauteur révolte tous ses voisins. Ces allusions firent des impressions profondes, à la faveur de ce style harmonieux qui insinue d'une manière si tendre [3] la modération et la concorde. Les étrangers et les Français même, lassés de tant de guerres, virent avec une consolation maligne une satire dans un livre fait pour enseigner la vertu. Les éditions en furent innombrables. J'en ai vu quatorze en langue anglaise [4]. Il est vrai qu'après la mort de ce monarque si craint, si envié, si respecté de tous, et si haï de quelques-uns, quand la malignité humaine

1. *Le superflu,* « chose si nécessaire », comme a dit le même Voltaire. Lequel, de Fénelon et de Voltaire, montre ici davantage le sens de l'économie politique ? Fénelon, qui combat le luxe, ou Voltaire, qui le croit inhérent à la prospérité d'un Etat ? Nous inclinons à croire que c'est Voltaire, et que par cette adoration de la simplicité des vieux âges Fénelon se révélait, comme en bien d'autres choses, « bel-esprit chimérique ».

2. *Louvois* n'avait guère de chance avec les écrivains. Déjà dix ans auparavant, il avait, disait-on, fourni à l'auteur de la tragédie d'*Esther* le prototype du sanguinaire Aman.

3. *D'une manière si tendre.* — Un critique moderne a dit de Fénelon qu'il avait « le fiel de la colombe ».

4. *Langue anglaise.* — Ce chiffre paraît un peu gros ; les expressions : Je l'ai vu, j'y étais — ne sont pas toujours dans la bouche de Voltaire une preuve péremptoire. Mais il est vrai que le *Télémaque* fut traduit presque dans toutes les langues de l'Europe et aussi en latin, en grec moderne, en arménien.

a cessé de s'assouvir des allusions prétendues qui censuraient sa conduite, les juges d'un goût sévère ont traité le *Télémaque* avec quelque rigueur [1]. Ils ont blâmé [2] les longueurs, les détails, les aventures trop peu liées, les descriptions trop répétées et trop uniformes de la vie champêtre ; mais ce livre a toujours

1. *Rigueur.* — Tel est le procédé de critique habituel à Voltaire. Après avoir porté un ouvrage jusqu'aux nues, il le déprécie au moment de passer à un autre. Ainsi va-t-il faire pour le *Télémaque,* sur lequel il s'est étendu (et a forcé les commentateurs de son *Siècle* à s'étendre) beaucoup trop longuement.

2. *Ils ont blâmé.* — Il faut rappeler, à la décharge de Fénelon, que le *Télémaque* est un livre d'éducation et d'édification. C'est pour mieux atteindre à ce but moral que Fénelon multiplie ces descriptions de la vie champêtre qui choquent Voltaire, peu enclin à rêver devant les spectacles de la nature. Pénétré de la poésie homérique, Fénelon aima toujours « l'aimable simplicité du monde naissant » ; il ne cessa de vanter dans tous ses ouvrages « l'heureuse frugalité » des premiers hommes, et de situer, comme plus tard J. J. Rousseau, l'âge d'or à l'origine du monde. De là cette complaisance avec laquelle il décrit dans le *Télémaque* les plaisirs de ceux qui vivent dans la simplicité. Qu'il parle de la vie des Egyptiens sous Sésostris, des « joies divines des bergers » (liv. II, X, XVII), des habitants de la Bétique, ses descriptions un peu « uniformes » respirent toujours un enthousiasme sincère. Le luxe du temps présent, les malheurs causés par de longues guerres ne pouvaient que lui faire aimer davantage ces rêves où le transportait son imagination restée toujours vive.

Mais on ne peut souscrire au reproche que lui adresse Voltaire d'avoir mal « lié » entre elles les aventures de Télémaque. Tous les épisodes sont adroitement unis, au contraire, pour amener des leçons successives. Par allusion à l'industrie qui a présidé à toutes les imitations de l'antiquité que contient cet ouvrage, on a pu dire du *Télémaque* ce qu'on a dit de l'*Enéide* : « Il y a là un travail de réunion et de transformation pour le moins aussi original que l'effort d'invention ».

Il y aurait plutôt à blâmer 1° dans la forme : la banalité de l'expression, l'abus de l'épithète louangeuse, mais inexpressive (« les plus beaux yeux du monde..., une femme au port de déesse, etc. »), défauts qui ont fâcheusement influé sur le développement ultérieur du roman au XVIIIe siècle ; 2° dans le fond, le peu de vérité et de suite dans les caractères, le peu de soin que met l'auteur à cacher sa personnalité, le manque de réalité « objective », le paganisme artificiel et mécanique été regardé comme un des beaux monuments d'un siècle florissant.

On peut compter parmi les productions d'un genre unique [1] les *Caractères* de la Bruyère. Il n'y avait pas chez les anciens [2] plus d'exemples d'un tel ouvrage que du *Télémaque*. Un style rapide, concis, nerveux, des expressions pittoresques, un usage tout nouveau de la langue [3], mais qui n'en blesse pas les règles [4],

qui orne la fable, le trop de vertu chrétienne donné aux païens.

1. *Unique*. — Voici comment un éditeur des *Caractères*, M. d'Hugues (Paul Dupont, 1883), paraphrase ce mot de Voltaire.

« Livre unique, qui appartient à une époque par sa date, à une autre époque par son esprit.

Livre unique, qui n'est proprement ni une satire, ni une histoire, ni un traité de morale, ni une œuvre de critique religieuse, sociale, philosophique ou littéraire, et qui est tour à tour ou en même temps un peu et beaucoup de tout cela.

Livre unique, où la peinture de ce qu'il y a de plus actuel dans un siècle et de plus particulier dans une société est restée particulière et actuelle dans toutes les sociétés et dans tous les siècles.

Livre unique, qui réunit dans une savante harmonie tous les genres de style et tous les tons, tantôt éloquent et profond comme un sermon de Bossuet, ou un chapitre de Descartes, tantôt enjoué, spirituel et mordant, comme une comédie de Molière ou une *Provinciale* de Pascal.

Livre unique enfin, qui est bien de son temps par la langue, mais qu'on pourrait croire, à quelques idiotismes près, écrit dans un temps beaucoup plus rapproché du nôtre ».

2. Erreur de Voltaire d'autant plus notable que La Bruyère, dans sa préface, ne se présente que comme le traducteur et le continuateur du philosophe grec Théophraste. Chez les modernes, La Bruyère relève, pour l'exécution, surtout de La Rochefoucauld, à qui il rend hommage comme à son maître.

3. *Usage tout nouveau de la langue*. — C'est déjà le style coupé et sentencieux du XVIIIe siècle. La prose française commence à dévier de la voie royale. M. Rébelliau, éditeur de La Bruyère, signale excellemment dans *Les Caractères* l'emploi « de ces vieux mots, hauts en couleur et *signifiants*, qu'on avait honte d'écrire depuis Vaugelas, de mots empruntés aux idiomes techniques, à la langue du palais, de la théologie, de la chasse, des arts et des métiers ». Le *style* est la grande nouveauté des *Caractères*.

4. *Les règles*. — La Bruyère se proclame lui-même « esclave

frappèrent le public ; et les allusions [1] qu'on y trouvait en foule achevèrent le succès. Quand la Bruyère montra son ouvrage manuscrit à M. de Malézieu [2], celui-ci lui dit : « Voilà de quoi vous attirer beaucoup de lecteurs et beaucoup d'ennemis ». Ce livre baissa dans l'esprit des hommes quand une génération entière, attaquée dans l'ouvrage, fut passée [3]. Cependant, comme il y a des choses de tous les temps et de tous les lieux, il est à croire [4] qu'il ne sera jamais oublié [5]. Le *Télémaque* a fait quelques imitateurs [6], les *Carac-*

de la construction » dans le passage célèbre du chapitre (*Ouvrages de l'esprit*) où il décrit l'évolution verbale dont il était l'initiateur et l'artisan.

1. *Allusions*. — Toujours la tendance à expliquer les plus francs succès littéraires par l'emploi de petits moyens, par une exploitation habile de la malignité publique. C'était la pratique de Voltaire lui-même et c'est pourquoi ses ouvrages ont tant vieilli. Mais Pascal, Fénelon, La Bruyère, dont il dit qu'ils ont « baissé », sont restés en effet plus jeunes que Voltaire.

Le genre de réserves qu'il est permis de faire à propos des mérites de La Bruyère est tout différent. On peut remarquer que chez lui le travail de « styliste » tient trop de place et n'est pas partout également heureux. Il y a trop d'antithèses, trop de tension ; on sent la « manière » dans la répétition de certains procédés, habiles d'ailleurs, comme l'emploi du trait final.

2. *De Malézieu*. — Le même à qui l'on doit cet autre mot d'esprit : « Les Français n'ont pas la tête épique ».

3. *Passée*. — Voltaire affecte de confondre *Les Caractères* avec un simple pamphlet. Attaque-t-on jamais une « génération entière » ? C'est trop ou bien ce n'est pas assez. Nous n'admettons que le procès fait à quelques-uns, ou le procès fait (comme dans *Les Maximes*) à l'humanité. Ce qui prouve qu'il y a dans *Les Caractères* autre chose que des personnalités, c'est que la tourbe des « singes » de La Bruyère échoua précisément parce qu'elle ne rechercha d'autre élément de succès que les peintures malicieuses.

4. *Il est à croire*. — Peu compromettant. Quand on est Voltaire, et qu'on juge La Bruyère, on a le devoir d'être plus affirmatif.

5. Comment une « production d'un genre *unique* » pourrait-elle être jamais « oubliée ? »

6. *Imitateurs*. — Il faut renoncer à compter ces imitateurs des *Caractères* ; ils s'appellent légion. C'est l'immense vogue de

tères de la Bruyère en ont produit davantage. Il est plus aisé [1] de faire de courtes peintures des choses qui nous frappent, que d'écrire un long ouvrage [2] d'imagination, qui plaise et qui instruise à la fois.

L'art délicat de répandre des grâces jusque sur la philosophie [3] fut encore une chose nouvelle, dont le livre des *Mondes* [4] fut le premier exemple, mais exemple dangereux [5], parce que la véritable parure de

l'ouvrage qui les alléchait. *Neuf* éditions, chiffre considérable pour le temps, avaient été enlevées du vivant de l'auteur. Jusqu'aux *Lettres persanes*, l'histoire littéraire n'offre pas mention d'un tel succès de librairie.

1. *Il est plus aisé*. — « In cauda venenum » : après avoir commencé par vanter l'originalité de La Bruyère, Voltaire déclare que ce genre nouveau était un genre facile. Il suffisait d'y penser et d'avoir un peu de causticité.

2. *Un long ouvrage*. — Voltaire se décide enfin à nous découvrir ce qui est, suivant lui, le côté faible de La Bruyère. Il lui reproche de s'être dérobé à ces « transitions » qui sont, d'après Boileau, le comble de l'art. Mais d'abord ces recueils de pensées, de maximes, de portraits, sont-ils susceptibles d'un enchaînement suivi ? Ensuite, il était bien permis à La Bruyère comme à Horace, comme à La Fontaine, comme à Joubert (qui confesse la même infirmité) d'avoir « peur » des « longs ouvrages ». Les auteurs de « longs ouvrages », les Voltaire, les Victor Hugo s'en sont-ils mieux trouvés ? Ils sont voués maintenant aux Extraits, tandis qu'on lit tout du fabuliste La Fontaine, du moraliste La Bruyère et du satirique Boileau.

En somme, Voltaire ramène tout le succès des *Caractères* à un succès de scandale. En 1732, dans son *Temple du Goût*, il n'avait même pas prononcé le nom de La Bruyère. Dans le *Siècle*, en 1752, il consent à relever La Bruyère de ce discrédit, très injuste de la part d'un « philosophe » du XVIIIe siècle, mais c'est pour le louer « malignis verbis ».

3. *Philosophie* est visiblement ici synonyme de *science* : il s'agit de la science astronomique.

4. *Mondes*. — Fontenelle publia, en 1686, un an avant que Newton donnât le livre célèbre des *Principes*, son ingénieux ouvrage intitulé : *Entretiens sur la pluralité des mondes habités*. Il s'y suppose le précepteur d'une jeune femme, une marquise, à laquelle il explique le système du monde, mêlant des madrigaux à l'exposition des vérités scientifiques.

1. *Dangereux*, il peut le devenir, mais non point par la raison que va en donner Voltaire. Car « l'ordre, la clarté, la vérité »,

la philosophie est l'ordre, la clarté, et surtout la vérité [1]. Ce qui pourrait empêcher cet ouvrage ingénieux d'être mis par la postérité au rang de nos livres classiques,

sont parfaitement compatibles avec le mode d'exposition adopté par l'auteur des *Mondes*.

Fontenelle préludait dans cet ouvrage à cette carrière de vulgarisation scientifique qui est son meilleur titre de gloire. Cydias se transformait en un savant doublé d'un lettré. Le « danger » était qu'il demeurât en lui précisément trop de Cydias et aussi qu'il interprétât la science d'une façon trop superficielle. S'il reste des traces de bel-esprit dans les *Mondes*, les *Eloges académiques* du secrétaire perpétuel de l'Académie des sciences sont considérés comme le modèle du genre.

Le livre des *Mondes* rendit un service précieux à la raison. La science en effet n'avait pas marché du même pas que la littérature en France. Fontenelle vint, qui rendit accessible à tout le monde les résultats des Copernic, des Galilée, des Descartes, des Newton. Il détruisit les fausses et accablantes hypothèses. Sa doctrine, sauf quelques points discutables (comme la théorie des tourbillons), était la seule vraie.

Fontenelle a eu bien des continuateurs depuis lors, dont le plus marquant est notre contemporain Flammarion, qui, dans un ouvrage publié sous le même titre : *La pluralité des mondes habités*, s'est efforcé de mettre celui de Fontenelle « au niveau de la science et de la philosophie modernes ». *L'Astronomie des dames*, du même savant, est conçue dans le même esprit. Ces travaux montrent que le « danger » n'était donc pas là où le plaçait l'auteur de l'*Essai sur la nature du Feu*, Voltaire.

1. *Ordre, clarté, vérité.* — Voltaire se montre ici fort injuste pour Fontenelle, ce précurseur de Bayle et de Voltaire lui-même. Sainte-Beuve a nettement réfuté cette insinuation : « Comme il (Fontenelle) a l'image heureuse, familière et juste ! Comme, à tout moment, par une similitude frappante et lumineuse, il étend la vue et nous fait faire le tour des choses ! ...Il ouvre des vues même lorsqu'il a l'air d'être frivole ; il pose à merveille le principe qui doit dominer un tel sujet, où il ne peut y avoir que des degrés de probabilité qui s'éloignent ou se rapprochent plus ou moins de la certitude ».

Rien à reprendre non plus à la « vérité », c'est-à-dire à l'exactitude des données scientifiques. Fontenelle s'était proposé de substituer des idées saines aux préjugés grossiers qui remplissaient encore les imaginations au sujet des phénomènes astronomiques les plus ordinaires. Il n'y a jamais failli. Nulle part il n'aliène les droits de la science, bien qu'il semble parfois, par galanterie pour son interlocutrice, en faire bon marché.

c'est qu'il est fondé en partie sur la chimère des tourbillons de Descartes [1].

Il faut ajouter à ces nouveautés celle que produisit Bayle [2], en donnant une espèce de Dictionnaire de raisonnement [3]. C'est le premier ouvrage de ce genre où l'on puisse apprendre à penser [4]. Il faut abandonner à la destinée des livres ordinaires les articles de ce recueil qui ne contiennent que de petits faits [5], indi-

1. Ce n'est nullement l'adhésion à la théorie cartésienne des tourbillons — « chimère » à laquelle on revient aujourd'hui — qui empêche le traité des *Mondes* d'être un « livre classique ». C'est plutôt un badinage, un ton de légèreté qui est messéant dans un sujet grave et qui fait parfois l'effet d'une parodie.

2. *Bayle* méritait bien l'hommage que lui rend ici Voltaire, qu'il a contribué à former, en tant que Voltaire ait eu besoin d'être formé par quelqu'un. On a pu dire que toute la philosophie de Voltaire était déjà dans Bayle. Dès 1735, Voltaire s'exprimait sur le compte de son devancier avec un véritable enthousiasme, « cet esprit si étendu, si sage et si pénétrant, dont les livres, tout diffus qu'ils peuvent être, seront à jamais la bibliothèque des nations. Ses mœurs n'étaient pas moins respectables que son génie. Le désintéressement et l'amour de la paix comme de la vérité était son caractère : *c'était une âme divine* ». Il l'appelle encore « l'avocat général des philosophes, mais qui ne donne point ses conclusions ».

3. *Dictionnaire de raisonnement*, sans ombre de dogmatisme. Bayle battait les buissons, en libre chercheur, et consignait ses observations, à la façon de Montaigne. Sainte-Beuve dit que ses *Œuvres diverses*, moins connues que son *Dictionnaire*, mériteraient d'être mieux connues. Le *Dictionnaire* parut en 1697.

4. *Apprendre à penser*, être sollicité par le spectacle d'un esprit qui donne carrière librement à son génie, sans l'astreindre à aucune règle, à aucune méthode, entièrement esclave de l'impression du moment. « Bayle est le maître des libres penseurs anglais » (Brunetière).

5. *Petits faits indignes de Bayle*. — Voir sur cet article Em. Faguet, volume sur le *XVIIIe siècle*. Cette restriction étonne de la part de Voltaire, qui, dans son *Siècle* et en général dans tous ses ouvrages de critique et d'histoire, a tant usé et abusé des « petits faits », les a sans cesse tenus pour plus *prégnants* que les événements considérables.

Au surplus, ce qui est intéressant chez Bayle, ce n'est pas la matière, ce sont les réflexions qu'elle suggère au philosophe.

gnes à la fois de Bayle, d'un lecteur grave et de la postérité. Au reste, en plaçant ici Bayle parmi les auteurs qui ont honoré le siècle de Louis XIV [1], quoiqu'il fût réfugié en Hollande [2], je ne fais en cela que me conformer à l'arrêt du parlement de Toulouse qui, en déclarant son testament valide en France, malgré la rigueur des lois, dit expressément « qu'un tel homme ne peut être regardé comme un étranger [3] ».

On ne s'appesantira point [4] ici sur la foule des bons livres que ce siècle a fait naître ; on ne s'arrête qu'aux

Que d'aperçus ingénieux, à propos de tout et de rien, dans ses nouvelles de la *République des Lettres*! C'est une érudition qui se répand avec aisance et coule sans effort de la bouche d'un agréable causeur. Chez Fontenelle on sentait beaucoup plus l'effort. Une curiosité toujours en éveil, un empressement très discursif, une sagacité pénétrante, une versatilité perpétuelle et une appropriation parfaite à chaque chose : voilà ce qui caractérise Bayle, le type du curieux. Il déclare lui-même que Pellisson (v. ci-après) lui plaît surtout dans son *Histoire de l'Académie française*, parce qu'il a toujours plus cherché, en lisant un livre, l'esprit et le génie de l'auteur que le sujet même qu'on y traitait. Il se peint d'un mot quand il dit qu'il ne peut s'empêcher « de faire des courses sur toutes sortes d'auteurs ». Nouvelliste passionné, *journaliste* moderne, venu trop tôt dans un siècle trop monarchique : tel est Bayle.

1. *Honoré le siècle de Louis XIV*, en le combattant.

2. *Réfugié en Hollande*, à Rotterdam, comme calviniste relaps, trop tolérant toutefois au gré du sectaire Jurieu, qui se brouilla avec lui, à la suite d'une violente polémique.

3. Il fut regardé par le roi et le clergé comme un adversaire, et non sans raison. Mais Voltaire était trop avant dans les idées de Bayle pour faire à cet égard les réserves qui s'imposent à une critique impartiale. Il ne trouve à blâmer en lui que la diffusion du style et l'insignifiance de certains documents. Au fond, le *Dictionnaire* de Bayle, livre très inégal, est un manuel d'incrédulité et de scepticisme.

4. *On ne s'appesantira point*. — Voltaire ne veut que marquer dans cet ouvrage les phases principales de l'évolution littéraire au XVIIe siècle, sa correspondance en fait foi. Mais précisément il n'a pas toujours suivi les grandes lignes. La composition est ce qui laisse le plus à désirer dans ce chapitre. (Voir l'introduction).

productions de génie singulières [1] ou neuves qui le caractérisent et qui le distinguent des autres siècles. L'éloquence de Bossuet et de Bourdaloue [2], par exemple, n'était et ne pouvait être celle de Cicéron : c'était un genre et un mérite tout nouveaux. Si quelque chose approche de l'orateur romain [3], ce sont les trois mémoires que Pellisson composa pour Fouquet[4]. Ils sont dans le même genre que plusieurs oraisons [5] de Cicéron, un mélange d'affaires judiciaires [6] et d'affaires

1. *Singulières.* — Au sens latin de : rare, original.

Hier, j'étais chez des gens de vertu singulière. (Molière).

2 *L'éloquence de Bossuet et de Bourdaloue* se comparerait plus justement à celle de Démosthène qu'à celle de Cicéron. M. Feugère a institué un parallèle suivi entre Démosthène et Bourdaloue (*Etude sur Bourdaloue*), en prenant comme point de départ cette idée que Démosthène, c'est la « raison passionnée ».

Quant au raisonnement même de Voltaire dans ce passage, il est indigne d'un homme sérieux. Voltaire semble nous dire : Je cite Bossuet et Bourdaloue, parce qu'ils ne ressemblent pas à Cicéron, et je cite Pellisson, parce qu'il « approche de l'orateur romain ».

3. *L'orateur romain.* — Il y a entre Cicéron et Pellisson la distance qu'il y a entre l'élégance et la pompe ; l'orateur latin est tour à tour grave et familier, son imitateur français est toujours tendu, et sa phrase uniformément périodique (V. Lanson, *L'Art de la prose*).

4. *Mémoires pour Fouquet.* — Le principal ouvrage de Pellisson, et qui parut naturellement sous le voile de l'anonyme. C'était une entreprise assez hardie que de saisir l'opinion publique comme juge des actes du « grand roi », et de se faire l'avocat d'un homme condamné d'avance par le pouvoir absolu. Cette attitude fut aussi celle de La Fontaine et de Mme de Sévigné. Tout le caractère de Pellisson, qui ne se démentit jamais, est à la hauteur de ce trait de courage, qui fut aussi un trait d'éloquence.

Pellisson est en outre l'auteur de la célèbre *Histoire de l'Académie française*, (1652) ouvrage qui lui « en » ouvrit les portes. Pellisson fit encore une *Histoire de Louis XIV*, qui a pu ne pas être inutile à Voltaire, quoiqu'il ne la mentionne pas expressément dans sa correspondance.

5. *Oraisons.* — Discours, sens latin.

6. *Affaires judiciaires*, par exemple, dans le second mémoire,

d'Etat, traité solidement avec un art qui paraît peu, et orné d'une éloquence touchante.

Nous avons eu des historiens, mais point de Tite-Live [1]. Le style de la *Conjuration de Venise* [2] est comparable à celui de Salluste. On voit que l'abbé de Saint-Réal l'avait pris pour modèle; et peut-être l'a-t-il surpassé [3]. Tous les autres écrits dont on vient de parler semblent être d'une création [4] nouvelle. C'est là

l'examen d'une cause embrouillée, roulant sur six millions de livres, somme fictive représentée par des billets sans valeur, qui semblaient masquer un vol fait au Trésor.

1. *Point de Tite-Live,* ni même la « monnaie » de Tite-Live, puisque Saint-Réal est de l'école de Salluste. Ce n'est d'ailleurs qu'un « demi-Salluste », quoique Voltaire pense que « peut-être a-t-il surpassé » Salluste. En quoi Voltaire nous prouve simplement quelle connaissance superficielle il avait de l'antiquité, même latine. Pellisson-Cicéron, Saint-Réal-Salluste : autant de « fausses fenêtres pour la symétrie ». Voltaire eût été mieux inspiré de chercher ce Salluste français dans le cardinal de Retz, par exemple.

Quant à ces autres « historiens » qu'il indique sans les nommer, c'étaient principalement Mézeray et Fleury. Ces deux derniers sont les plus importants parmi les « professionnels » du genre. On le voit, Voltaire pèse assez mal les titres de ses prédécesseurs dans la littérature historique.

2. Cette *Conjuration que les Espagnols formèrent en 1618 contre la République de Venise* est une question très débattue sur laquelle le comte Daru, qui a mené son *Histoire de Venise* jusqu'en 1797, date de l'abolition de cet Etat, n'a pas réussi à faire une pleine lumière, quelque autorité qu'il faille lui reconnaître. Saint-Réal publia son ouvrage en 1674. Au XIXe siècle l'historien allemand Ranke s'est appliqué à élucider cette affaire.

3. *Surpassé.* — Exagération manifeste. Les ouvrages de Saint-Réal, comme ceux de l'abbé Vertot, son disciple, tiennent du roman plutôt que de l'histoire. Les principaux de ces autres ouvrages sont une *Conjuration des Gracques* et un *Don Carlos.* Par ce dernier livre, l'auteur eut le mérite d'enrichir la littérature dramatique d'un sujet nouveau. Campistron le premier s'aperçut qu'il y avait une tragédie à extraire de la légende de don Carlos telle que l'avait contée Saint-Réal. Marie-Joseph Chénier, Alfiéri, Schiller reprirent successivement cette donnée.

4. On a vu plus haut que Voltaire s'exagérait l'originalité du

surtout ce qui distingue cet âge illustre ; car pour des savants et des commentateurs, le XVIe et le XVIIe siècles en avaient beaucoup produit [1] ; mais le vrai génie en aucun genre n'était encore développé [2].

Qui croirait [3] que tous ces bons ouvrages en prose n'auraient probablement jamais existé, s'ils n'avaient été précédés par la poésie ? C'est pourtant la destinée de l'esprit humain dans toutes les nations ; les vers

XVIIe siècle. Ou plutôt il la place là où elle n'est pas : dans la « création » de genres. L'école classique fait consister son invention dans la façon de traiter les genres existants et de les renouveler par l'art. A cet égard La Fontaine en est le plus parfait représentant.

1. *Beaucoup produit.* — Encore faudrait-il en citer quelques-uns et établir entre les deux époques une distinction nécessaire, qui n'a pas échappé à d'Alembert. Celui-ci appelle le XVIe siècle « l'âge de l'érudition », et le XVIIe siècle « l'âge des Belles-Lettres ». En effet les savants de la Renaissance, les Estienne, les Casaubon, les Scaliger, etc. sont d'une autre taille et d'une autre envergure que ceux du siècle suivant. Mais les érudits du XVIIe siècle ne sont pas non plus à mépriser. Les plus notoires d'entre eux s'appellent : Saumaise, Dacier, Boulainvilliers, Naudé, Bouhours, Ménage, Huet, Mabillon, Montfaucon, Calmet, Ducange, les frères Sainte-Marthe, Ruinard, Pagi, Labbé, Petau, Martenne, Achery, Duchesne, Baluze, etc. A côté d'eux, il y a les *traducteurs*, qui firent école, l'école des « belles infidèles » : Malherbe, du Vair, Coëffeteau, Vaugelas, Patru, Perrot d'Ablancourt, etc.

2. *Développé.* — Proposition qui forme une parfaite contradiction avec tout ce que nous dit Voltaire du « grand siècle ». Il est vrai qu'il nomme ailleurs cette même époque un

Siècle de grands talents bien plus que de lumière.

Sans doute que, dans le fond de la pensée de Voltaire, le genre tragique par exemple, naissant avec Corneille et « non encore développé » avec Racine, devait atteindre son apogée... avec Voltaire. Ainsi de suite des autres genres.

3. *Qui croirait..* — Théorie assez banale et oiseuse. Ici, Voltaire n'aurait à s'en occuper que s'il étudiait les *origines* de notre langue et de notre littérature. A l'époque où nous sommes parvenus, il est un peu tard pour se poser cette question.

furent partout les premiers enfants du génie et les premiers maîtres d'éloquence.

Les peuples sont ce qu'est chaque homme en particulier[1]. Platon et Cicéron[2] commencèrent par faire des vers. On ne pouvait encore citer un passage noble et sublime de prose française, quand on savait par cœur le peu de belles stances que laissa Malherbe ; et il y a grande apparence que, sans Pierre Corneille, le génie des prosateurs ne se serait pas développé[3].

1. *En particulier.* — Principe trop absolu. Les Français, pris en masse, ont une réputation de légèreté, d'esprit et de grâce ; combien d'individus en France sont en dehors ou au-dessous de ce caractère national !

Pascal nous semble avoir formulé d'une façon plus heureuse ce principe, quand il dit : « L'humanité est comme un même homme qui subsiste toujours et apprend continuellement ».

2. *Platon et Cicéron.* — Argument médiocre pour conduire à cette conclusion (où se reconnaît bien un homme du XVIIIe siècle, le siècle le plus anti-poétique) que la prose est le terme d'une évolution intellectuelle dont le signal est toujours donné par la poésie. On n'a jamais dit sérieusement de Platon que ses essais poétiques, si tôt abandonnés à la voix de Socrate, eussent contribué à former son génie philosophique, ni même que les vers de Cicéron lui eussent donné le goût de l'éloquence. Cicéron, harmonieux dans sa prose, était cacophonique dans ses vers. D'ailleurs il prononça tous ses premiers discours avant d'avoir versifié l'histoire de son consulat, poème dont il subsiste un vers, qui est « rare par le ridicule » :

O fortunatam natam me consule Romam !

Il est vrai que Cicéron reconnaissait beaucoup d'utilité aux vers pour former le goût et le style : *Versus prosunt, etiam mediocres* ».

3. *Développé.* — Sainte-Beuve est du même avis que Voltaire sur ce point. « La prompte influence du *Cid* s'est fait sentir sur toute la langue et tout au moins son succès coïncide avec un progrès notable dans la prose. Vaugelas, dans ses *Remarques* (1647) fait souvent cette observation que, depuis dix ou douze ans, tel ou tel usage qu'il estime meilleur s'est introduit et a prévalu : Or ces dix ou douze ans en arrière se rapportent parfaitement à la venue du *Cid.* » (*Nouveaux Lundis*, VII).

Voltaire a donc raison dans le *Siècle*. Mais alors que devient son *Commentaire sur Corneille*, au long duquel il s'est évertué à établir que Corneille « écrivait mal » ?

Cet homme est d'autant plus admirable qu'il n'était environné que de très mauvais modèles quand il commença à donner des tragédies [1]. Ce qui devait encore lui fermer le bon chemin, c'est que ces mauvais modèles étaient estimés [2], et, pour comble de découragement, ils étaient favorisés par le cardinal de Richelieu, le protecteur des gens de lettres, et non pas du bon goût [3]. Il récompensait de méprisables écrivains qui d'ordinaire sont rampants[4]; et, par une hauteur d'esprit si bien placée ailleurs, il voulait abaisser ceux en qui il sentait avec quelque dépit un vrai génie, qui

1. *Des tragédies*. — Il ne les donna pas comme cela tout d'un coup. Il apprit son métier lentement, débutant par des comédies : *Mélite*, *Clitandre*, la *Veuve*, la *Galerie du Palais*, la *Suivante*, la *Place royale*, s'essayant ensuite dans une tragédie, *Médée*, où il s'appuya sur Sénèque et sur Euripide, bien plus que sur aucun modèle français, et, avant de s'engager définitivement dans le genre tragique, donnant coup sur coup la même année. deux tragi-comédies ; *L'Illusion comique*, espèce de *Cid* burlesque, et *Le Cid* (1629-1636). Corneille hésita donc, pendant les sept premières années de sa carrière, entre le comique et le tragique : ce furent sans doute les beautés touchantes du *Cid* qui l'emportèrent et décidèrent de sa voie.

2. *Estimés*. — Il est vrai que tout le monde n'était pas bien sûr alors si Corneille était supérieur à Mairet, l'Estoile, Colletet, Boisrobert, Sarrasin, Desmarets, etc. Les contemporains sont comme des gens qui regardent une médaille de trop près : ils n'en voient pas le relief. De même, plus tard, Molière fut souvent confondu avec ses rivaux ; on imprima ses œuvres *à la suite* de celles de Scudéry et de Gomberville. Le P. Lemoyne était mis à côté, sinon au-dessus, de Virgile. C'est Boileau qui distribua les rangs et qui établit la hiérarchie.

3. *Bon goût*. C'est qu'il était « orfèvre » lui-même et que le poète en lui ne valait pas le ministre. Toutefois ce jugement sur Richelieu est trop sévère et trop absolu. Richelieu n'eut pas toujours la main heureuse dans ses choix littéraires, mais jamais il ne protégea un écrivain *parce que* « rampant ». Nul ministre n'eut plus que lui le sentiment de la dignité nationale.

4. *Rampants*. — Louis XIV, jusqu'à ce que Boileau lui eût appris à discerner l'or du clinquant, ne fit pas autre chose. Voir le *Discours au Roi*, où le poète se plaint qu'un fade et emphatique éloge enrichisse son homme.

rarement se plie à la dépendance [1]. Il est bien rare qu'un homme puissant, quand il est lui-même artiste, protège sincèrement les bons artistes [2].

Corneille eut à combattre son siècle [3], ses rivaux et le cardinal de Richelieu [4]. Je ne répéterai point ici ce qui a été écrit sur le *Cid*. Je remarquerai seulemen que l'Académie, dans ses judicieuses [5] décisions entre Corneille et Scudéri, eut trop de complaisance [6] pour le cardinal de Richelieu, en condamnant l'amour de

1. *Dépendance.* — Ce fut précisément le cas de Corneille, auquel Richelieu reprochait de manquer « d'esprit de suite », c'est-à-dire de docilité.

2. *Artistes.* — Cela dépend de l' « artiste » qu'il est. C'est parce que Richelieu n'était qu'un demi-artiste que sa protection s'égara souvent sur des indignes.

3. *Son siècle.* — Il le « combattit » en lui faisant des concessions, ainsi qu'il arrive toujours. Malherbe aussi, avant de faire des *Odes*, avait rimé ses *Larmes de saint Pierre*.

Dire que l'on devient glorieux en « combattant *tout* son siècle » et dire que l'on devient glorieux en attaquant « une génération entière » (voir plus haut le passage sur les *Caractères*) sont deux exagérations analogues. C'est un don Quichotte qui s'insurge contre tout son siècle, mais un grand poète marche avec son temps. « La poésie, a-t-on dit avec raison, c'est la pensée de tous dans le langage de quelques-uns ».

4. *Richelieu.* — Outre ses griefs personnels et mesquins, Richelieu avait contre l'auteur du *Cid* des griefs politiques et honorables. Il reprochait à la pièce : 1° de contenir une apologie du caractère d'un peuple qui nous faisait alors la guerre ; 2° de contenir une apologie du duel, que le ministre voulait patriotiquement extirper du royaume.

5. *Judicieuses* est un peu trop dire : *modérées* suffisait bien. Voltaire adopte ici trop docilement l'avis de La Bruyère dans les *Ouvrages de l'esprit*. Etait-ce le fait d'une compagnie « judicieuse » que de tenir à peu près égale la balance entre un Corneille et un Scudéry, et de condamner *le Cid* précisément pour ce qu'il a d'original et d'admirable ?

6. *Complaisance.* — Elle eut la « complaisance » qu'elle ne pouvait pas faire autrement que d'avoir. Elle avait à blâmer *par ordre* ; elle le fit avec mesure, en s'y reprenant à plusieurs fois, maudissant le rôle qu'on lui faisait tenir. Cette aventure la confirma encore plus dans la résolution de ne jamais se mêler aux luttes littéraires.

Chimène. Aimer le meurtrier de son père, et poursuivre la vengeance de ce meurtre, était une chose admirable. Vaincre son amour eût été un défaut capital dans l'art tragique, qui consiste principalement dans les combats du cœur. Mais l'art était inconnu alors à tout le monde [1], hors à l'auteur.

Le *Cid* ne fut pas le seul ouvrage de Corneille que le cardinal de Richelieu voulut rabaisser. L'abbé d'Aubignac nous apprend que ce ministre désapprouva *Polyeucte* [2].

Le *Cid*, après tout, était une imitation [3] très embellie de Guilhem de Castro, et en plusieurs endroits une traduction [4]. *Cinna*, qui le suivit, était unique [5].

1. *A tout le monde*, excepté au « parterre », qui montra, en applaudissant *le Cid*, un sûr instinct du grand art. Corneille eut contre lui les beaux-esprits ; mais

Tout Paris pour Chimène eut les yeux de Rodrigue ;

le goût du public était donc en avance sur celui des « habiles ».

2. *Polyeucte*. — Anecdote sans consistance, comme beaucoup de celles que rapporte Voltaire. C'est l'hôtel de Rambouillet qui blâma *Polyeucte*, par l'effet d'un préjugé analogue à celui de l'Académie blâmant la passion de Chimène. Se défier des racontars de l'abbé d'Aubignac, un des envieux de Corneille. Quant à Richelieu, il désarma au lendemain d'*Horace*, que Corneille lui avait très habilement dédié, ou plutôt la dédicace de cette tragédie fut la preuve de leur réconciliation.

3. *Imitation* n'est pas le mot, c'est plutôt une refonte et une réduction du *Cid* espagnol, où tout ce qui était pittoresque, extérieur ou épisodique a été sacrifié à l'unité d'une action tout intellectuelle et psychologique.

4. *Traduction*. — Quelques années après ce *Siècle*, en 1762, Voltaire devait, dans son *Commentaire sur Corneille*, aggraver encore ce jugement si dédaigneux, qui supprime toute l'originalité du *Cid* français. C'est dans son *Commentaire* qu'il parla pour la première fois de ce J.-B. Diamante que Corneille aurait imité conjointement avec Guilhen de Castro. Moins superficiel, Voltaire se fût aperçu que Diamante était lui-même un imitateur, et même un traducteur de Corneille, tout de même que le P. Isla devait traduire notre *Gil Blas* et le « rendre » ainsi aux Espagnols.

5. *Cinna* est postérieur de plusieurs mois à *Horace* (9 mars

J'ai connu un ancien domestique[1] de la maison de Condé, qui disait que le grand Condé, à l'âge de vingt ans, étant à la première représentation de *Cinna*, versa des larmes à ces paroles d'Auguste :

> Je suis maître de moi comme de l'univers ;
> Je le suis, je veux l'être. O siècles ! ô mémoire !
> Conservez à jamais ma dernière victoire.
> Je triomphe aujourd'hui du plus juste courroux
> De qui le souvenir puisse aller jusqu'à vous !
> Soyons amis, Cinna ; c'est moi qui t'en convie.

C'étaient là des larmes de héros. Le grand Corneille faisant pleurer le grand Condé d'admiration, est une époque bien célèbre dans l'histoire de l'esprit humain.

La quantité de pièces indignes de lui[2] qu'il fit, plusieurs années après, n'empêcha pas la nation de le regarder comme un grand homme ; ainsi que les fautes considérables d'Homère[3] n'ont jamais empêché qu'il ne fût sublime. C'est le privilège du vrai génie, et surtout du génie qui ouvre une carrière, de faire impunément de grandes fautes[4].

1640), qui « suivit » immédiatement *Le Cid*. On se demande pourquoi Voltaire ne mentionne pas *Horace*, tragédie bien plus « populaire » que *Cinna*.

1. *Domestique*. — Familier, gentilhomme de la maison de...

2. *Indignes de lui*. — Il n'est aucune des tragédies de Corneille, même parmi les moins bonnes (*Théodore, Agésilas, Attila, Pulchérie, Pertharite*, etc.) qui ne porte la marque du génie. M. Desjardins a pu composer tout un volume (*Corneille historien*) sur cette donnée que chacune d'elles apporte quelque contribution précieuse à la science historique. Toutes renferment des vers bien frappés et des situations fortes.

3. *Homère*. — Rapprochement bien boîteux et qui tranche implicitement la question, qui allait être bientôt posée par l'Allemand Wolff, de l'identité d'Homère. Où sont ces « fautes considérables » d'Homère ? C'est tout au plus si ceux qui l'ont lu de près ont avoué qu'il « sommeillait quelquefois ». Il serait aisé de soutenir que le génie d'Homère est plus égal que celui de Corneille.

4. *Grandes fautes*. — Voltaire prélude ici aux sévérités et

Corneille s'était formé tout seul [1] ; mais Louis XIV, Colbert, Sophocle et Euripide contribuèrent tous à former Racine [2]. Une ode qu'il composa à l'âge de dix-huit ans [3], pour le mariage du roi, lui attira un présent [4] qu'il n'attendait pas et le détermina à la poésie [5]. Sa réputation s'est accrue de jour en jour, et

aux injustices de son *Commentaire*. Il charge son client de tous les crimes, sauf à plaider pour lui les circonstances atténuantes. Il rédige son plaidoyer de telle manière que les mots de « grandes fautes » soient les derniers prononcés, ceux qui restent.

1. *Tout seul*. — Corneille du moins le pensait :

Je ne dois qu'à *moi seul* toute ma renommée (*Excuse à Ariste*).

Mais nulle part la Nature, pas même en histoire littéraire, ne « fait de sauts ». Tout s'échelonne : entre telle pastorale de Hardy et la tragi-comédie du *Cid*, il y a toute une série de degrés franchis successivement. Corneille a connu ses prédécesseurs immédiats et en a profité (V. Eugène Rigal, *Alexandre Hardy*, thèse). Quand aux Anciens, Sénèque et Lucain eurent une grande part dans la « formation » de son génie.

« Corneille s'était formé à l'école du génie latin, Racine se forma à l'école du génie grec », dit plus justement M. Brunetière, contestant cette affirmation de Fontenelle que le « grand Corneille n'avait eu devant les yeux aucun exemple pour le guider ». L'auteur des *Etudes critiques sur l'histoire de la littérature française* ajoute : « Il n'y a rien dans Corneille qui ne soit dans ses prédécesseurs ou ses contemporains d'âge et de popularité, dans Mairet, dans du Ryer, dans Rotrou, dans vingt autres ; il n'y a de plus que le génie ; mais les éléments dramatiques, les lois convenues de la scène, les ressorts accoutumés de l'action, les procédés enfin de composition et de style, n'essayez pas d'y rien distinguer : ce sont les mêmes ».

2. *Racine*. — Parmi ces influences subies par Racine, Voltaire oublie : celle de Boileau, pour qui Racine n'était qu'un « bel-esprit », à qui il avait appris à « faire difficilement des vers faciles », et celle de Port-Royal, dont Racine reçut et garda si profondément l'empreinte.

3. *Dix-huit ans*. — Erreur de trois ans : Racine avait près de 21 ans, quand il composa son Ode *La Nymphe de la Seine*.

4. *Un présent*, une gratification de cent louis que Chapelain, répartiteur des pensions royales, lui fit attribuer.

5. *Détermina à la poésie*. — Une fois de plus se traduit ici la préoccupation habituelle à Voltaire de ramener à des accidents négligeables les faits de la plus haute portée. Ainsi Racine n'aurait pas eu d'autre mobile de sa vocation qu'une

celle des ouvrages de Corneille a un peu diminué [1]. La raison en est que Racine, dans tous ses ouvrages, depuis son *Alexandre*, est toujours élégant, toujours correct [2], toujours vrai, qu'il parle au cœur [3], et que l'autre manque trop souvent [4] à tous ces devoirs. Racine passa de bien loin et les Grecs et Corneille dans l'intelligence des passions, et porta la douce harmonie de la poésie, ainsi que les grâces de la parole, au plus haut point où elles puissent parvenir. Ces hommes enseignèrent à la nation à penser, à sentir [5] et à s'exprimer. Leurs auditeurs, instruits par eux seuls, devin-

libéralité accordée à un travail qui n'est guère au-dessus de ce que pourrait faire un bon rhétoricien ! Il se serait fait poète comme il aurait pu se faire commis des gabelles ! Voltaire ne croit donc pas à « l'influence secrète » ?

1. *Diminué*. — Du moins Voltaire n'a rien négligé pour amener ce résultat. Mais aujourd'hui n'est-ce pas Corneille, qui, malgré son aspect un peu « moyen âge », reprend le dessus ? A distance, l'impression que laisse Corneille est plus forte que celle que produit Racine. Mais ces fluctuations alternatives entre deux grandes réputations indiquent moins leur inégalité que la variation dans les goûts des générations successives.

2. *Elégant, correct*. — Voltaire, moins impartial que La Bruyère, proclame hautement, comme Boileau, sa préférence pour Racine. C'est qu'il écrit à une époque où l'école dégénérée de Racine règne sur la scène française ; alors triomphent la fausse élégance, le convenu, la vaine noblesse, la pompe vide : Campistron, Crébillon, Voltaire. Mais ce ne sont là que les dehors de la poésie de Racine ; la substance intime s'est évaporée. On n'imite pas Racine, quoi qu'en pense Voltaire.

3. *Cœur*. — Corneille parle plutôt à l'imagination : c'est aussi là, pour le poète, un « devoir ».

4. *Manque trop souvent*. — Le parallèle de La Bruyère est plus nuancé que celui de Voltaire. La Bruyère remarque que précisément Corneille n'y « manqua » pas toujours : « Quelle plus grande *tendresse* que celle qui est répandue dans *le Cid*... ? » Il y a en effet du Racine en Corneille, comme il y a du Corneille en Racine.

5. *Sentir*. — La sensibilité est-elle vraiment une science qui s'apprenne ? En ce cas, « ces hommes » auraient dû bien commencer cette éducation de la sensibilité par Voltaire lui-même.

rent enfin des juges sévères pour ceux mêmes qui les avaient éclairés.

Il y avait très peu de personnes en France, du temps du cardinal de Richelieu, capables de discerner les défauts du *Cid* [1]; et en 1702, quand *Athalie* [2], le chef-d'œuvre de la scène, fut représentée chez Madame la duchesse de Bourgogne, les courtisans se crurent assez habiles pour la condamner. Le temps a vengé l'auteur; mais ce grand homme est mort sans jouir du succès [3] de son plus admirable ouvrage. Un nombreux parti [4] se piqua toujours de ne pas rendre justice à Racine.

Comment se fait-il que les exemples de Corneille et de Racine n'aient pas su faire de Voltaire un plus grand poète ?

1. *Les défauts du Cid.* — Juste. En effet, la faiblesse du rôle de l'Infante, le rôle sacrifié de don Sanche, le caractère un peu bourgeois du bonhomme Fernand, roi de théâtre, le manque de liaison des scènes, l'invraisemblance matérielle de certains incidents, tels que l'épisode des Maures, etc., rien de tout cela n'est critiqué dans les *Sentiments de l'Académie*. L'art lui-même s'improvise plutôt que la faculté de juger l'art, c'est-à-dire la critique.

2. *Athalie.* — C'est que le moment était mal choisi pour faire représenter ce drame « prodigieux » (V. Hugo). Il venait trop tôt ou trop tard. Il supposait un public croyant ou du moins respectueux de la foi. L'austérité du sujet rebuta la société frivole et dissipée devant laquelle il se produisit.

3. *Jouir du succès.* — Ce fut en effet seulement sous la Régence qu'*Athalie* fut jouée et avec succès devant le public. De son vivant, Racine n'eut que Boileau, son fidèle Boileau, pour lui affirmer qu'*Athalie* était ce qu'il avait fait de plus fort et que la postérité casserait le jugement des contemporains.

D'ailleurs *Athalie* ne fut, en sa nouveauté, soumise qu'à l'appréciation de la Cour. Chose curieuse, cette tragédie biblique est celle pour laquelle les « philosophes » du XVIIIe siècle se sentirent toujours la préférence la plus marquée. Mais c'est qu'ils y voyaient une peinture achevée du fanatisme religieux incarné dans le personnage de Joad. *Athalie* était pour eux le *Mahomet* de Racine.

4. Les « ennemis de Racine » furent en effet si nombreux au XVIIe siècle qu'ils ont pu former la matière de tout un livre (*Les Ennemis de Racine*, par M. Deltour).

Mme de Sévigné [1], la première personne de son siècle pour le style épistolaire, et surtout pour conter des bagatelles avec grâce, croit toujours que Racine *n'ira pas loin* [2]. Elle en jugeait comme du café, dont elle dit *qu'on se désabusera bientôt*. Il faut du temps pour que les réputations mûrissent.

La singulière [3] destinée de ce siècle rendit Molière contemporain de Corneille et de Racine. Il n'est pas vrai [4] que Molière, quand il parut, eût trouvé le théâtre absolument dénué de bonnes comédies. Corneille lui-même avait donné le *Menteur* [5], pièce de caractère et d'intrigue, prise du théâtre espagnol, comme le *Cid* ; et Molière n'avait encore fait paraître que deux de ses

1. *Mme de Sévigné.* — « Racine passera comme le café », c'est là un de ces mots « historiques » dont on sait que le caractère est de n'avoir jamais été prononcés, mais d'avoir été faits après coup. L'auteur responsable de ce trait est...... Voltaire lui-même. C'est lui qui, dans ce passage du *Siècle*, a malicieusement *réuni* deux jugements *isolés* de Mme de Sévigné et c'est lui qui a fait ce rapprochement inconvenant entre Racine et le café. La boutade composée, il l'a mise sur le dos de la spirituelle marquise On ne prête qu'aux riches. Le mot a fait fortune. En le retirant à Mme de Sévigné pour le restituer à son auteur, on appauvrit la marquise d'un trait d'esprit, mais on lui rend une preuve de goût. Car, si son admiration pour Racine fut lente à se décider, elle se décida enfin. Personne n'a loué *Esther* de manière plus sentie qu'elle n'a fait.

2. *N'ira pas loin.* — Elle était persuadée que Racine ne faisait de vers que parce qu'il était amoureux et que l'âge ou l'inconstance venant, la faculté poétique serait en lui tarie. Elle avoua de bonne grâce que la « conversion » de Racine lui donnait tort.

3. V. p. 68, n. 1.

4. *Il n'est pas vrai.* — Voilà un démenti que Voltaire se donne à lui-même, ayant écrit dans sa *Liste des écrivains français* : « .... Molière a tiré la comédie du chaos, ainsi que Corneille en a tiré la tragédie ».

5. *Le Menteur*, donné en 1642 et imité de *La Verdad sospechosa*, par don Juan d'Alarcon (et non par Lope de Vega, comme on l'a cru longtemps).

chefs-d'œuvre [1], lorsque le public avait la *Mère coquette* de Quinault [2], pièce à la fois de caractère et d'intrigue et même modèle d'intrigue. Elle est de 1664 ; c'est la première comédie où l'on ait peint ceux que l'on a appelés depuis les *marquis* [3]. La plupart des grands seigneurs de la cour de Louis XIV voulaient imiter cet air de grandeur, d'éclat et de dignité qu'avait leur maître. Ceux d'un ordre inférieur copiaient la hauteur des premiers ; et il y en avait enfin, et en grand nombre, qui poussaient cet air avantageux [4] et cette envie dominante de se faire valoir, jusqu'au plus grand ridicule.

Ce défaut dura longtemps. Molière l'attaqua souvent ; et il contribua à défaire le public de ces importants subalternes [5], ainsi que de l'affectation des *pré-*

1. *Deux de ses chefs-d'œuvre* : *Les Précieuses ridicules*, 1659, et *Les Fâcheux*, 1661.

2. *Quinault.* — Une des victimes de Boileau, mais une de celles sur la condamnation desquelles il y a des réserves à faire. D'ailleurs Boileau lui-même, sur le tard, revint un peu de ses préventions contre Quinault. Il explique dans une de ses lettres qu'il n'avait jamais eu en vue le Quinault auteur d'opéras, mais bien le poète tragique, l'auteur de *l'Astrate*,

Où, jusqu'à : je vous hais, tout se dit tendrement.

Dans la tragédie, l'œuvre du « doucereux » Quinault forme la transition entre Corneille et Racine. Dans la comédie, l'œuvre de Quinault n'est pas si négligeable. Molière, qui ne partageait pas les mépris de Boileau pour l'auteur de *La mère coquette*, a fait maint emprunt à cette pièce dans son *Misanthrope* (V. Saint-Marc-Girardin, *Cours de litt. dram.*, 1er vol.). Il y a telle scène de *La mère coquette* que Molière aurait pu signer.

3. Molière les avait attaqués déjà dans *Les Fâcheux*, qui sont de 1661.

4. *Cet air avantageux*, par exemple celui des deux petits marquis du *Misanthrope*. Voir aussi *l'Impromptu* et *la Critique de l'École des femmes*.

5. *Importants subalternes.* — Le substantif est ici *importants*, avec le sens de « petits-maîtres ». Ex. : la « Cabale des Importants ».

cieuses, du pédantisme des *femmes savantes*, de la robe et du latin des médecins. Molière fut, si on ose le dire, un législateur des bienséances[1] du monde. Je ne parle ici que de ce service rendu à son siècle : on sait assez ses autres mérites [2].

C'était un temps digne de l'attention des temps à venir que celui où les héros de Corneille et de Racine, les personnages de Molière, les symphonies de Lulli [3] toutes nouvelles pour la nation [4], et (puisqu'il ne s'agit que des arts)[5] les voix des Bossuet et des Bourdaloue se faisaient entendre à Louis XIV, à Madame, si célèbre par son goût, à un Condé, à un Turenne, à un Colbert et à cette foule d'hommes supérieurs qui parurent en tout genre. Ce temps ne se trouva plus où un duc de la Rochefoucauld, l'auteur des *Maximes*, au

1. *Législateur des bienséances.* — Oui, pour tout ce qui touche à la conduite de la vie, à la profession, au commerce avec nos semblables, non, pour ce qui est de l'âme, de la religion, de l'idéal.

2. *Ses autres mérites.* — Ceux d'avoir démasqué l'hypocrisie, flagellé l'avarice, ridiculisé la vanité sous toutes ses formes, etc. Ces services-là, Molière les a rendus non seulement à « son siècle », mais à tous les siècles.

3. *Symphonies de Lulli.* — Il s'agit ici de la création ou plutôt de l'importation que fit de l'Opéra en France le cardinal de Mazarin. Ce genre eut contre lui à sa naissance les lettrés. La Bruyère (chap. des *Ouvrages de l'esprit*) nous résume assez bien le préjugé dont l'Opéra eut à triompher et que La Bruyère lui-même partageait. Les « littérateurs » trouvaient que la « symphonie » y usurpait trop sur la poésie. Ils se sont résignés depuis à abandonner l'Opéra presque tout entier à la musique.

4. *La nation.* — C'est *le public* que Voltaire devrait dire. De même, page 77 : « ..... enseignèrent à la *nation* ». Qu'est-ce que les « symphonies de Lulli » pouvaient bien avoir de « national » ?

5. *Des arts.* — La suite des idées comporterait plutôt les mots : « puisqu'il ne s'agit que des *Lettres* ».

sortir de la conversation d'un Pascal et d'un Arnauld, allait au théâtre de Corneille [1].

Despréaux [2] s'élevait au niveau de tant de grands hommes, non point par ses premières satires, car les regards de la postérité ne s'arrêteront point sur les *Embarras de Paris* [3] et sur les noms des Cassaigne et des Cotin ; mais il instruisait cette postérité par ses belles épîtres, et surtout par son *Art poétique*, où Corneille eût trouvé beaucoup à apprendre [4].

La Fontaine, bien moins châtié [5] dans son style, bien moins correct [6] dans son langage, mais unique

1. *Corneille*, et finissait sa soirée chez la marquise de Rambouillet ou dans l'intimité de la duchesse de Longueville, à moins que ce ne fût chez Mmes de Sablé ou de La Fayette.

2. *Despréaux*, ce surnom, par lequel Boileau se désignait lui-même, pour se distinguer de ses frères, lui venait d'un *pré* attenant à une maison de campagne de son père.

3. *Embarras de Paris*. — Il n'y a pas que celle-là ; il y a le *Discours au Roi*, tout satirique, la satire sur la *Rime*, adressée à Molière, la satire sur le *Repas ridicule*, etc. Ces morceaux sont du meilleur Boileau. Les traits contre Cotin devaient être fort plaisants en leur nouveauté. On doute si ce bel esprit eut plus à se plaindre de Boileau ou de Molière. Voltaire fait trop bon marché du talent de Boileau pour la satire. Les *Epitres*, qu'il déclare préférer avec l'*Art poétique*, n'ont souvent d'agréable que les traits de satire dont elles sont parsemées et qui éclatent au milieu de lourdes dissertations de morale.

4. *Apprendre* — Voltaire semble ne pas se rendre bien compte de la manière dont fut composé l'*Art poétique*. Boileau l'écrivit avec les exemples de Corneille, de Racine, de Molière, etc., sous les yeux et d'après leur *pratique*. Ainsi avait fait pour les Tragiques grecs l'auteur de la *Poétique*. L'exercice de l'art précède toujours l'énonciation des règles.

5. *Châtié*. — C'est le contraire qui est le vrai. La Fontaine est notre plus grand artiste en versification avant Victor Hugo. Il n'y a pas une cheville dans les *Fables*, tandis que dans les *Satires* ou *Epitres* de Boileau...... ! Ce court jugement sur La Fontaine donne la mesure du goût de Voltaire en poésie. Mieux eût valu passer le fabuliste sous silence, comme avait fait Boileau.

6. *Correct*. -- Autre erreur. Les « incorrections » du style de La Fontaine ne sont pas loin de ressembler aux « barbarismes » que Voltaire trouvait à chaque pas dans le théâtre de Corneille.

dans sa naïveté et dans les grâces qui lui sont propres, se mit, par les choses les plus simples, presque à côté [1] de ces hommes sublimes.

Quinault [2], dans un genre tout nouveau et d'autant plus difficile qu'il paraît plus aisé [3], fut digne d'être placé avec tous ces illustres contemporains. On sait avec quelle injustice Boileau voulut le décrier [4]. Il manquait à Boileau d'avoir sacrifié aux Grâces [5] : il chercha en vain toute sa vie à humilier [6] un homme

Voltaire réputait « locution vicieuse » toute locution un peu archaïque ou « gauloise ». Voir ce qu'il a dit plus haut sur la « naïveté » des vieux auteurs et la note (p. 40, n. 4). A l'exemple de La Bruyère et de Fénelon, Voltaire aurait bien dû se « documenter » un peu sur le XVIe siècle et sur le moyen-âge, qu'il relègue parmi les époques préhistoriques.

1. *Presque à côté.* — Ce « presque » est de trop. La Fontaine occupe une place à part dans le groupe littéraire du XVIIe siècle, mais, pour être « à côté », il n'est pas « au-dessous ».

2. *Quinault.* Vid. sup. p. 80, n. 2. — Cette réhabilitation de Quinault, poète de second ordre, passe toute mesure et comme diapason et comme étendue de l'éloge. Voltaire vient de n'accorder à La Fontaine que quatre lignes dénigrantes et il donne à Quinault une demi page d'apologie. Est-ce là de la critique ?

3. *Plus aisé.* — En quoi cette versification de livrets d'opéra était-elle plus « difficile » que celle de tragédies non « lyriques » ? Ne serait-il pas plus exact de dire que Quinault, médiocre dans la haute poésie, excella dans la poésie à musique, genre plus « facile » ?

4. *Décrier.* V. ci-dessus p. 80, n. 2. — Voltaire devrait mentionner que Boileau se réconcilia avec Quinault et convint d'une partie de ses torts envers lui. Dans un accès d'humeur, Voltaire, plus injuste pour Boileau que favorable à Quinault, s'est écrié, parlant de l'auteur de la satire sur le *Repas ridicule*,

Zoïle de Quinault et flatteur de Louis !

Il diminuait là Louis XIV autant qu'il grandissait Quinault.

5. *Sacrifié aux Grâces.* — Très juste pour Boileau, génie un peu rude et austère, janséniste enfin. Mais ensuite, quand il dit que Quinault n'était « connu *que* par elles », Voltaire laisse échapper un demi-aveu. Si Quinault n'avait *que* de la grâce, il était mal préparé à aborder la tragédie et la comédie, genres qui exigent les plus hautes qualités de l'esprit. Or Quinault fit 16 tragédies ou comédies, autant que d'opéras.

6. *Humilier.* — Très injuste pour Boileau : le satirique ne

qui n'était connu que par elles. Le véritable éloge d'un poète, c'est qu'on retienne ses vers. On sait par cœur [1] des scènes entières de Quinault ; c'est un avantage qu'aucun opéra d'Italie ne pourrait obtenir. La musique française est demeurée dans une simplicité qui n'est plus du goût d'aucune nation. Mais la simple et belle nature [2], qui se montre souvent dans Quinault avec tant de charmes, plaît encore dans toute l'Europe à ceux qui possèdent notre langue et qui ont le goût cultivé. Si l'on trouvait dans l'antiquité un poème comme *Armide* ou comme *Atys*, avec quelle idolâtrie [3] il serait reçu ! Mais Quinault était moderne [4].

connut jamais ces mesquineries. Sa critique au contraire respectait toujours « l'homme ». Ni la *personne* de Chapelain, ni même celle de Cotin ne furent effleurées par ses sarcasmes.

1. *Par cœur.* — Quinault n'est plus aujourd'hui pour nous qu'un nom, c'est Boileau que l'on continue à apprendre et à savoir « par cœur ». Même au XVIIIe siecle, si l'on savait par cœur tant de vers de l'auteur d'*Armide*, c'était sans doute plutôt à cause de la musique que des paroles. C'était la musique de Lulli et non la poésie de Quinault que l'on répétait de mémoire. De même aujourd'hui quand on chantonne quelque refrain d'un de nos opéras modernes : c'est Gounod, c'est Offenbach, c'est Hérold que l'on cite et non leurs collaborateurs littéraires, lesquels sont oubliés.

2. *Simple et belle nature.* — Eloge outré, qui est d'un « maladroit ami », en ce qu'il nous remet en mémoire le vers mordant de Boileau :

La raison dit : Virgile, et la rime : Quinault.

3. *Idolâtrie.* — Voltaire croit-il sincèrement que les opéras d'*Armide* ou d'*Atys* soient égaux en poésie aux « tragédies-opéras » des Grecs qui s'appelaient Eschyle, Sophocle, Euripide ? En ce cas il ignore tout de l'antiquité grecque. Il aurait dû laisser dire ces légèretés-là à un La Motte ou à un Perrault.

4. *Moderne.* — Le bout de l'oreille du détracteur des Anciens passe ici ; Voltaire semble vouloir dans ce chapitre faire la contre-partie de la *Lettre à l'Académie* de Fénelon.

Tous ces grands hommes furent connus et protégés[1] de Louis XIV, excepté la Fontaine[2]. Son extrême simplicité[3], poussée jusqu'à l'oubli de soi-même, l'écartait d'une cour[4] qu'il ne cherchait pas. Mais le duc de Bourgogne[5] l'accueillit; et il reçut dans sa vieillesse quelques bienfaits de ce prince.

1. *Protégés.* — Il n'est pas possible de dire sérieusement que Corneille, Pascal, La Rochefoucauld, La Bruyère, par exemple, aient été « protégés » par Louis XIV : ces écrivains, les trois premiers du moins, se développèrent en dehors de l'influence royale et antérieurement à elle. Voltaire rattache tout le « siècle » à l'action personnelle de Louis XIV indistinctement. Sa critique est plus idéale qu'historique.

2. *La Fontaine.* — Voltaire revient maintenant à La Fontaine, comme il est revenu à Quinault, après l'avoir quitté : plan incertain.

Ces protecteurs, et surtout ces protectrices illustres, qui suppléaient à l'indifférence ou plutôt à la défaveur royale, étaient les duchesses de Bouillon et d'Orléans, Mme de la Sablière, Mme d'Hervart, les Conti, les Vendôme, les Mortemart.

Louis XIV fit faire au poète une espèce de stage avant d'autoriser son admission à l'Académie : « Vous pouvez incessamment recevoir La Fontaine, dit-il enfin à la députation de l'Académie : *il a promis d'être sage* ». Les raisons que pouvait avoir Louis XIV d'en vouloir à La Fontaine se devinent aisément : le Fabuliste avait été fidèle à Fouquet : il avait composé des contes peu moraux, enfin il réalisait très peu l'idéal que Louis XIV aimait en Boileau et en Racine. Il y a tout un côté de satire politique dans les *Fables* qui était nettement hostile au régime établi. Le Roi le sentait d'instinct et que La Fontaine était une sorte d'« opposant ». Ainsi Auguste avait réservé sa faveur à Virgile et à Horace, et exilé Ovide.

3. *Simplicité.* — Cette « simplicité » cachait bien de la finesse. Voltaire, avec tout son esprit, a été dupe des apparences. Peut-être pensait-il que cette « simplicité » du « Bonhomme » ressemblait à la « naïveté » de Marot, de Montaigne, de Régnier, c'est-à dire qu'elle « tenait beaucoup à l'irrégularité, à la grossièreté ».

4. *L'écartait d'une Cour,* où la tenue, le décorum, l'étiquette étaient de rigueur : quelle figure ce « bohème de lettres » y eût-il faite ?

5. *Le duc de Bourgogne,* après la mort de Mme de la Sablière, se plaça à la tête des protecteurs de La Fontaine, et par ses largesses le mit dès lors à l'abri de la nécessité.

Il était, malgré son génie, presque aussi simple [1] que les héros de ses fables. Un prêtre de l'Oratoire, nommé Pouget [2], se fit un grand mérite d'avoir traité cet homme de mœurs si innocentes comme s'il eût parlé à la Brinvilliers et à la Voisin [3]. Ses contes ne sont que ceux [4] du Pogge, de l'Arioste et de la reine de Navarre. Si la volupté est dangereuse, ce ne sont

C'est Fénelon qui lui avait recommandé le poète besoigneux, Fénelon, qui faisait tant de cas de La Fontaine et avait jadis donné ses fables à traduire en latin au jeune duc, son élève.

1. *Aussi simple.* — Voltaire réduit La Fontaine au rang des bêtes qui « parlent en son ouvrage ». Il écrivait à Vauvenargues le 7 janvier 1745 : « La Fontaine n'était guère au-dessus des animaux qu'il faisait parler ». Et ailleurs : « ... peut-être même ne savait-il pas distinguer ses mauvaises fables des bonnes » (Art. *Fable* du *Dictionn. philos.*).

Il y a ici une erreur plutôt qu'une injustice de Voltaire. Ce grand écrivain, mais plus brillant que vraiment intelligent, croyait que le « génie » suppose l'inconscience. On l'eût étonné en lui apprenant que le génie est au contraire la plus haute expression des facultés humaines et que par conséquent il ne va pas sans conscience et sans équilibre. Un « niais de génie », ce sont là deux termes dont l'un exclut l'autre.

2. *Pouget.* — Voltaire noircit cet ecclésiastique, qui, ayant eu à confesser La Fontaine, avait compris que son premier devoir était de lui arracher une « détestation » de ses *Contes*. La relation qu'il publia des derniers moments de son illustre pénitent est toute animée de charité chrétienne. N'importe quel prêtre eût imposé à La Fontaine ce désaveu *in extremis* avant de lui donner l'absolution. Voltaire se montre peu au courant des usages ou des règlements de l'Eglise.

3. *La Brinvilliers et la Voisin.* — Parce que, pour l'Eglise, La Fontaine, comme auteur des *Contes*, était un « empoisonneur » des âmes, sinon des corps. Plus encore que Racine, La Fontaine avait donc à faire pénitence. Rien de tout cela n'est excessif, selon le point de vue chrétien. Voltaire se scandalise fort mal à propos.

4. *Ne sont* que *ceux.* - Restriction perfide et erreur d'information. Si les *Contes* de La Fontaine ne sont *que* ceux du Pogge, de l'Arioste et de la reine de Navarre, comment se fait-il que ceux-ci aient fait oublier ceux-là ? Il faut au contraire avouer que La Fontaine a relevé autant qu'il était possible la monotonie de ce genre peu recommandable. Il a mis de l'esprit dans l'obscénité. Malgré tout son talent, quand on a lu

pas des plaisanteries [1] qui inspirent cette volupté. On pourrait appliquer à La Fontaine son admirable fable des *Animaux malades de la peste*, qui s'accusent de leurs fautes : on y pardonne tout aux lions, aux loups et aux ours, et un animal innocent est dévoué [2] pour avoir mangé un peu d'herbe.

Dans l'école de ces génies, qui seront les délices et l'instruction des siècles à venir, il se forma une foule d'esprits agréables [3], dont on a une infinité de petits ouvrages délicats [4] qui font l'amusement des honnêtes

deux ou trois de ces contes, on peut fermer le livre, on les connaît tous.

L'erreur d'information consiste en ce que Voltaire ignorait que ces contes de Pogge et de l'Arioste ne sont que d'anciens fableaux *français* qui avaient passé les monts. La Fontaine ne faisait ainsi qu'exercer ses reprises sur ce qui nous appartenait.

1. *Plaisanteries.* — Evidemment Voltaire plaide ici indirectement pour lui-même. Il veut innocenter ses propres *Contes et Romans* et sa *Pucelle* du reproche de corruption. Peine perdue.

2. *Dévoué*, au sens latin = sacrifié. Exagération : La Fontaine n'a pas eu à pâtir si cruellement. Au contraire, la « morale » de La Fontaine, toute pratique, enseigne à se tirer d'affaire soi-même par la ruse et l'intelligence. Le moyen peuple n'est représenté dans ses *Fables* ni par le mouton, fait pour être mangé, ni par l'âne, sot et pédant, mais plutôt par le singe et surtout par le renard.

3. *Une foule d'esprits agréables*, tels que Mme de Sévigné, que Voltaire ne nomme qu'incidemment, et que Mme de La Fayette, qu'il ne nomme pas. Voltaire eût mieux fait de citer quelques-uns de ces « esprits agréables » que d'encombrer son chapitre de ces deux éloges de La Motte et de J.-B. Rousseau, qui n'ont fait que naître au siècle de Louis XIV et qui ont écrit au siècle de Voltaire.

4. *Ouvrages délicats.* — A remarquer l'adresse avec laquelle Voltaire prend position dans la *Querelle des Anciens et des Modernes.* Elle est toute pareille à celle de Fénelon, mais dans le sens inverse. Il ne part pas en guerre enseignes déployées, il se faufile dans les rangs par surprise et lance ses traits d'une main invisible, puis se retire sans avoir été remarqué.

Ainsi le principal mérite de La Motte à ses yeux devait être le rôle qu'il avait tenu comme champion des Modernes. Volgens, ainsi que nous avons eu beaucoup de peintres gracieux, qu'on ne met pas à côté des Poussin, des le Sueur, des le Brun, des le Moine et des Vanloo [1].

Cependant, vers la fin du règne de Louis XIV, deux hommes percèrent la foule des génies médiocres et eurent beaucoup de réputation. L'un était la Motte Houdart [2], homme d'un esprit plus sage [3] et plus étendu [4] que sublime [5], écrivain délicat [6] et méthodique [7] en prose, mais manquant souvent de feu et

taire ne le loue pas de cela bruyamment; il se tait même là-dessus et se contente de poser La Motte comme un « esprit agréable », un « peintre gracieux », qui vient tout de suite après les grands esprits C'est par cette tactique qu'il paralyse d'avance les critiques qu'on pourrait faire contre l'adversaire de Mme Dacier.

1. *Vanloo.* — Ce n'est pas là un fait particulier au XVIIe siècle ; de tout temps il y a eu ainsi des talents de second rang à côté des maîtres.

2. *La Motte Houdart.* — Voltaire a bien ou mal traité La Motte, comme tant d'autres, selon l'impression du moment. Ici il le fait trôner dans le Temple du goût, mais, dans l'ouvrage qui porte ce nom, il lui en ferme les portes :

> Tout doucement venait La Motte Houdart,
> Lequel disait, d'un ton de *papelard* :
> « Ouvrez, Messieurs, c'est mon *Œdipe* en prose ;
> Mes vers sont durs, d'accord, mais forts de chose ».

3. *Esprit plus sage.* — Compliment banal. C'est au contraire La Harpe qui est dans le vrai en appelant La Motte un esprit paradoxal, « toujours faux dans les matières de goût » (Cf. Rigault, *Querelle des Anciens et des Modernes*).

4. *Etendu*, lisez : superficiel.

5. *Sublime*, on se demande si ce n'est pas une ironie que de prononcer le mot de « sublime » à propos de La Motte, qui n'a jamais fait que

> ... proser de la rime et rimer de la prose (Régnier).

6. *Délicat.* — Fin plutôt que délicat, ce qui n'empêcha pas que dans sa correspondance avec Fénelon et dans ses rapports avec Boileau il se montra d'une candeur extrême. Nisard l'appelle un « spécieux ».

7. *Méthodique*, ou plutôt systématique, et qui appliquait l'esprit d'analyse à l'art, cherchant les lois de l'enthousiasme comme on cherche les lois de la chaleur ou de la lumière.

d'élégance dans sa poésie [1], et même de cette exactitude [2] qu'il n'est permis de négliger qu'en faveur du sublime. Il donna d'abord de belles stances plutôt que de belles odes [3]. Son talent déclina bientôt après ; mais beaucoup de beaux morceaux [4] qui nous restent de lui en plus d'un genre empêcheront toujours qu'on ne le mette au rang des auteurs méprisables. Il prouva que dans l'art d'écrire, on peut être encore quelque chose au second rang [5].

L'autre était Rousseau [6], qui, avec moins d'esprit,

1. *Sa poésie*. — Comment n'en eût-il pas manqué ? Il ne croyait pas à la poésie, il pensait qu'elle avait fait son temps et que la prose allait la remplacer. Il a contribué plus que personne à répandre parmi son siècle ce préjugé qui a sévi jusqu'à André Chénier. Il avait accepté, en les aggravant, toutes les idées subversives de Fénelon sur la versification et sur la rime.

2. *Exactitude*. — La Motte écrit dans le style conventionnel, vague, pompeux et avec le vocabulaire restreint de son temps. Les qualités dont Voltaire le félicite sont toutes négatives.

3. *Belles odes*. — Il n'y a pas même de « belles stances » dans son *Ode sur Anacréon*, adressée à Mme Dacier (en gage de réconciliation) et d'un bout à l'autre si prosaïque.

La Motte a versifié un peu de tout, odes, fables, épopée (traduction de l'*Iliade* réduite à douze chants), comédies, tragédies, opéras. Son « chef-d'œuvre » est la tragédie d'*Inès de Castro*. Toutes ces œuvres sont, en dépit de Voltaire, ensevelies dans l'oubli.

4. *Beaux morceaux*. — On n'en cite plus aucun aujourd'hui ; La Motte est connu pour avoir fait briller certaines qualités de polémiste et ne s'être jamais dans la dispute departi de l'urbanité des « honnêtes gens ». C'est là le meilleur de son talent.

5. *Second rang*. — Réfutation de l'axiome célèbre :

Mediocribus esse poetis
Non Di, non homines, non concessere columnae (Horace).

Voltaire avait à cœur de protester contre cette théorie, qui l'atteignait lui-même.

6 *Rousseau* (Jean-Baptiste) était comme Crébillon, de ces écrivains qu'on n'exaltait que pour faire pièce à Voltaire : telle était la cause principale de leur crédit.

Voltaire tranche du généreux en faisant place, et une large place, moins de finesse et de facilité[1] que la Motte, eut beaucoup plus de talent[2] pour l'art des vers. Il ne fit des odes qu'après la Motte ; mais il les fit plus belles, plus variées, plus remplies d'images[3]. Il égala dans ses Psaumes l'onction et l'harmonie[4] qu'on remarque dans les cantiques de Racine[5]. Ses épigrammes sont

à J.-B. Rousseau dans ce chapitre. Il avait eu de vifs démêlés avec lui (1722). Il veut montrer par coquetterie qu'il est au-dessus des mesquines rancunes. Mais une œuvre de critique sereine n'est pas faite pour liquider de petites dettes personnelles.

1. *Facilité.* — Cette « facilité » est assez méprisable, c'est celle de Scudéry, « dont la fertile plume... ».

2. *Talent.* — Il faut renoncer à mettre d'accord les jugements de Voltaire, émis en des circonstances différentes, sur la même personne. Il s'est écrié, en parlant de Rousseau : « Quel faux dans les sujets et quelles contorsions dans le style ! » Et encore : « *Je hais Rousseau,*... c'est un homme que je méprise infiniment comme homme, et que je n'ai jamais beaucoup estimé comme poète » (18 février 1837). Quand est-ce que Voltaire est sincère, dans sa Correspondance ou dans son *Siècle* ?

3. *Images.* — Par comparaison avec La Motte, si prosaïque, J.-B. Rousseau est en effet un Pindare. Mais, pour nous, qui avons lu Lamartine, Hugo, Musset, combien l'*Ode au Comte du Luc* elle-même est décolorée, froide, privée d'accent et de souffle ! Il n'y a là qu'un grand talent de versification.

J.-B. Rousseau a cela de propre que presque toutes ses expressions sont imitées ; il n'y a chez lui aucune de ces trouvailles de style qui décèlent le grand écrivain. De même que la forme ne lui appartient pas, le fond relève toujours du lieu-commun, rajeuni tant bien que mal. Muse artificielle que la sienne, qui n'a jamais été fécondée par l'inspiration. Mythologie fastidieuse, qui nécessite l'emploi d'un dictionnaire pour en comprendre les allusions. Depuis Ronsard jusqu'à Chénier, sans en excepter Malherbe, notre poésie lyrique piétina sur place. On fabriquerait notamment du Rousseau à l'aide de procédés bien connus.

4. *Onction et harmonie.* — Voltaire n'est pas un bien bon juge en matière d' « onction ». L'honnête Nisard s'indigne, quant à lui, de ce « scandale d'un auteur de poésies sacrées qui n'a tout son talent que dans l'épigramme licencieuse ».

5. *Cantiques de Racine.* — Si Voltaire appelle ainsi les Chœurs d'*Esther* et d'*Athalie,* quel sacrilège que cette comparaison ! Le sacrilège n'eût pas été moindre à comparer les *Psaumes* de J.-B. Rousseau à la traduction de l'*Imitation de Jésus-*

mieux travaillées que celles de Marot[1]. Il réussit bien moins dans les opéras, qui demandent de la sensibilité ; dans les comédies, qui veulent de la gaieté ; et dans les épîtres morales, qui veulent de la vérité[2] : tout cela lui manquait. Ainsi il échoua dans ces genres, qui lui étaient étrangers.

Il aurait corrompu la langue française, si le style marotique[3] qu'il employa dans des ouvrages sérieux avait été imité. Mais heureusement ce mélange de la pureté de notre langue[4] avec la difformité[5] de celle qu'on parlait il y a deux cents ans n'a été qu'une mode passagère. Quelques-unes de ces épîtres[6] sont des

Christ par Corneille. Si seulement Voltaire voulait se borner à apprécier la poésie « légère » !

1. *Epigrammes... de Marot*. — Pourquoi immoler à J.-B. Rousseau Clément Marot, lorsqu'on a prouvé qu'on le connaissait si mal? Tous les deux excellent dans l'épigramme.

2. *Vérité*. — Quel est le genre qui peut se passer de « vérité » ? Les « épîtres morales » demandent, en plus de l'enjouement, de l'esprit, de la souplesse, toutes qualités dont manquait J.-B. Rousseau.

3. *Marotique*. — On appelle ainsi un certain laisser-aller dans la construction, une grande fréquence d'ellipses, etc., que J.-B. Rousseau imita surtout dans ses *Epitres*.

L'expression de Voltaire a quelque chose de méprisant : il dit « marotique » comme il dirait « macaronique ». Recommencer Marot serait une entreprise vaine, mais on peut prendre chez lui de bonnes leçons de style, à condition de se garder de tomber dans la « manière ».

4. *Pureté de notre langue*. — En réalité, cette « pureté » était, au temps de Voltaire, de l'indigence. Déjà Fénelon et La Bruyère s'alarmaient de ce « dessèchement » et de cet « appauvrissement » Cette « pureté » n'a suffi qu'à Voltaire, et encore dans ses vers badins, car dans ses tragédies et dans sa *Henriade*, l'exilité de cette langue soi-disant « noble » se fait cruellement sentir.

5. *Difformité*. — Toujours le même préjugé à l'égard du XVIe siècle. Voltaire calomnie cette époque comme à plaisir ; que ne disait-il simplement que la langue littéraire n'avait pas alors cette noblesse qu'elle contracta depuis ?

6. *Epitres*. - Ses *Epitres* sont longues et diffuses, mais ses *Cantates*, dont Voltaire ne parle pas, inauguraient en France, et avec un certain éclat, un genre nouveau.

imitations un peu forcées de Despréaux, et ne sont pas fondées sur des idées aussi claires et sur des vérités reconnues : *le vrai seul est aimable.*

Il dégénéra beaucoup dans les pays étrangers [1], soit que l'âge et les malheurs [2] eussent affaibli son génie, soit que, son principal mérite consistant dans le choix des mots [3] et dans les tours heureux, mérite plus nécessaire et plus rare qu'on ne pense, il ne fût plus à portée des mêmes secours [4]. Il pouvait, loin de sa patrie, compter parmi ses malheurs celui de n'avoir plus de critiques sévères [5].

1. *Pays étrangers.* — Il fut banni de France (1712) pour des couplets satiriques qu'il désavoua, mais dont il était vraisemblablement l'auteur ; il vécut alors à Vienne et alla mourir à Bruxelles (1741).

2. *L'âge et les malheurs.* — S'il s'agissait d'un vrai poète lyrique,

> Les malheurs ne pourraient abattre sa fierté (Racine).

ils seraient plutôt un stimulant pour son génie. Ainsi l'exil suggéra à Victor Hugo *Les Châtiments* et lui révéla la poésie de la Mer. Mais ses infortunes paralysèrent le talent de J.-B. Rousseau, qui n'avait ni la dignité de l'homme ni la conviction de l'écrivain.

3. *Choix des mots.* — Voltaire, en déclarant qu'il ne « se contente pas du choix des mots » de J.-B. Roussau, juge d'autant mieux l'auteur qu'il aimait moins l'homme : son antipathie l'éclaire. J.-B. Rousseau n'est en effet qu'un « styliste » en vers.

4. *Secours.* — Voltaire laisse entendre qu'à des esprits médiocres, comme était J.-B Rousseau, il faut l'excitation de la « vie parisienne », tandis que les natures fortement trempées, les « penseurs », à la façon de lui, Voltaire, peuvent s'en passer et gagnent même à en être privés. On a remarqué en effet que les principaux ouvrages du siècle de J.-B. Rousseau, à savoir le XVIIIe, ont été composés loin du tumulte des villes. Tels furent ceux de Montesquieu, Buffon, J.-J. Rousseau, Voltaire luimême.

5. *Critiques sévères.* — Voltaire prête ici à son adversaire des sentiments bien au-dessus de ceux qu'il éprouvait. J.-B. Rousseau est fort peu intéressant comme homme. Condamné comme diffamateur, sa culpabilité est restée douteuse, mais elle a toujours été « moralement » certaine. Il n'est pas de ceux que l'on puisse plaindre.

Ses longues infortunes eurent leur source dans un amour-propre indomptable, et trop mêlé de jalousie et d'animosité [1]. Son exemple doit être une leçon frappante pour tout homme à talents [2] ; mais on ne le considère ici que comme un écrivain qui n'a pas peu contribué à l'honneur [3] des lettres.

Il ne s'éleva guère de grands génies depuis les beaux jours de ces artistes illustres ; et, à peu près vers le temps de la mort de Louis XIV, la nature sembla se reposer [4].

La route était difficile au commencement du siècle, parce que personne n'y avait marché : elle l'est aujourd'hui, parce qu'elle a été battue [5]. Les grands hommes

1. *Animosité.* — On peut en croire Voltaire : il se connaît à ces sortes d'affaires. Avec plus de talent, il eut plus de chance que J.-B. Rousseau, mais il ne lui fut nullement supérieur par l'âme.

2. *Homme à talents* = *de* talent. — Rousseau n'eut pas l'honneur d'être persécuté pour son talent, mais pour l'indignité de son caractère.

3. *L'honneur.* — Après tout ce que vient de dire (trop longuement) Voltaire, ce mot a l'air d'une suprême ironie : on voit plutôt en quoi J.-B. Rousseau eût *déshonoré* les Lettres, si elles pouvaient être déshonorées.

4. *Se reposer.* — Boileau, témoin de ce déclin qui attristait sa vieillesse, s'en inquiétait fort, lui aussi, pour l'avenir de la poésie française. Il ne se doutait pas que, si la nature semblait « se reposer », c'était pour enfanter bientôt les générations d'écrivains qui devaient préparer les esprits au mouvement de 89. Mais il appartenait à Voltaire de décrire les premiers symptômes de cette fermentation intellectuelle. Il a préféré dans cette conclusion de son chapitre des *Beaux-Arts*, se lamenter vainement sur cette « décadence », en s'efforçant de la présenter comme inévitable et fatale, et en prévenant par cette précaution le jugement que nous pourrions porter sur ses propres écrits. Mais la croyance à la « décadence » littéraire est un préjugé et forme d'ailleurs contradiction avec la foi de Voltaire dans le progrès indéfini. Voir Lamartine, *Philosophie et Littérature* (Lemerre, 1895) ; voir les divers ouvrages de M. Brunetière.

5. *Battue.* — Variante de la phrase célèbre de La Bruyère :

du siècle passé ont enseigné à penser et à parler; ils ont dit ce qu'on ne savait pas. Ceux qui leur succèdent ne peuvent guère dire que ce qu'on sait [1]. Enfin une espèce de dégoût [2] est venue de la multitude des chefs-d'œuvre.

Le siècle de Louis XIV a donc en tout [3] la destinée des siècles de Léon X, d'Auguste, d'Alexandre. Les terres qui firent naître dans ces temps illustres tant de fruits du génie avaient été longtemps préparées [4] auparavant. On a cherché en vain dans les causes morales [5]

« Tout est dit, et l'on vient trop tard depuis trois mille ans qu'il y a des hommes, et qui pensent » (*Ouv. de l'espr.*).

1. *Ce qu'on sait.* — Il reste le secret de le dire d'une façon nouvelle (Voir encore La Bruyère, *Ouv. de l'esp.*, fin). Que d'idées, même au XVIIIe siècle, étaient anciennes et furent rajeunies par l'expression !

La correspondance de Voltaire offrirait le commentaire copieux de cette théorie erronée de l'épuisement littéraire.

2. *Dégoût.* — De la part des auteurs peut être, mais non du public. Seulement, le public est devenu plus difficile, ce qui ne fait pas l'affaire des écrivains sans originalité.

3. *En tout.* — C'est trop dire. Ces classifications trop générales et trop simplistes, comme les aime Voltaire, enferment autant de faux que de vrai. Jamais l'évolution littéraire ne se ressemble à elle-même, d'un siècle à l'autre.

4. *Préparées.* — Rien de plus juste, et c'est pourquoi Voltaire avait tort de tant invoquer la « barbarie », la « grossièreté », etc. des âges antérieurs à l'époque classique. Ce passage de sa conclusion forme contradiction avec ses prémisses.

5. *Causes morales.* — Il n'est pas « vain » de faire intervenir ces « causes morales », dont la principale fut l'avènement en France du régime de discipline et d'autorité qui s'établit sous le gouvernement de Richelieu et qui se fortifia sous le pouvoir absolu de Louis XIV.

Quant aux « causes physiques », c'est-à-dire à l'influence des « milieux » et du « moment », ces causes ont eu pour promoteur l'abbé Dubos et ensuite pour partisan Montesquieu (qui s'est servi des idées de Dubos sans le dire).

Il n'est nullement « vain » d'expliquer par le climat, la latitude etc., certaines tendances des langues et des littératures. Depuis, Mme de Staël, dans son livre *De l'Allemagne*, a donné à cette théorie toute son ampleur. Il est incontestable que les et dans les causes physiques la raison de cette tardive fécondité, suivie d'une longue stérilité [1]. La véritable raison est que, chez les peuples qui cultivent les beaux-arts, il faut beaucoup d'années pour épurer la langue et le goût. Quand les premiers pas sont faits, alors les génies se développent ; l'émulation, la faveur publique prodiguée à ces nouveaux efforts, excitent tous les talents. Chaque artiste saisit en son genre les beautés naturelles que ce genre comporte. Quiconque approfondit la théorie des arts purement de génie doit, s'il a quelque génie lui-même, savoir que ces premières beautés, ces grands traits naturels qui appartiennent à ces arts, et qui conviennent à la nation pour laquelle on travaille, sont en petit nombre. Les sujets et les embellissements propres aux sujets ont des bornes bien plus resserrées qu'on ne pense [2]. L'abbé Du-

peuples du Nord ne sentent et ne s'expriment pas de la même façon que les peuples du Midi.

1. *Stérilité.* — Très injuste pour la littérature du XVIIIe siècle, que d'Alembert (*Discours préliminaire de l'Encyclopédie*) regardait comme la plus haute expression du génie français, ce qui était une exagération dans le sens opposé.

Quant à la « fécondité », ce qui la rendit « tardive », Voltaire le saurait, si sa critique était mieux instruite des choses du passé. C'était sans doute l'espèce d'anarchie intellectuelle qui régnait, l'absence de règles et d'un goût dominant, qui réprimât les fantaisies individuelles et fût pour des écrivains tout à la fois un appui et un guide.

2. *Qu'on ne pense.* — Ici commence le développement d'une théorie où l'on ne peut se dissimuler qu'il y a une grande part de vérité, quelque suspect que soit Voltaire de plaider *pro domo sua*. Oui, les genres classiques sont bornés et tôt épuisés. Ce sont « fleurs d'une saison ». Voltaire, conseillé par l'abbé Dubos, est le premier qui ait lancé cette remarque. Seulement, pourquoi alors s'avisa-t-il de faire une épopée, lui, millième ? Pourquoi fit-il des tragédies ? Il y a là une de ces innombrables contradictions qui sont le fond de son caractère.

La théorie de Voltaire renferme d'ailleurs aussi une part

bos [1] homme d'un très grand sens [2], qui écrivait son traité sur la poésie et sur la peinture vers l'an 1714 [3], trouva que dans toute l'histoire de France il n'y avait de vrai sujet de poème épique que la destruction de la ligue par Henri le Grand [4]. Il devait ajouter que les embel-

d'exagération, qui provient de ce qu'il a trop fidèlement adopté l'esthétique de Boileau. Boileau et lui pensaient que les règles des genres étaient fixées à tout jamais par l'exemple des maîtres, et aussi que le nombre des sujets était limité. Ils n'ont pas vu que les genres au contraire se transforment à l'infini et que l'histoire nous enrichit sans cesse de nouveaux sujets. De sorte qu'il est certain qu'en se proposant par exemple de faire une tragédie exactement dans le système de Racine, on répéterait nécessairement Racine. Mais le génie qui ne crée pas du nouveau, est-ce encore du génie ?

1. *L'abbé Dubos* (1670-1742). — Diplomate (employé par Torcy, Dubois et le Régent), secrétaire perpétuel de l'Académie française, auteur d'un ouvrage estimable sur l'esthétique : *Réflexions sur la poésie, la peinture et la musique* et auteur d'ouvrages d'histoire remarquables par l'application de l'esprit philosophique à la critique historique : *Histoire de la Ligue de Cambrai*, et surtout *Histoire critique de l'établissement de la monarchie française dans les Gaules*. Dans ce dernier ouvrage (en trois volumes) l'abbé Dubos a pressenti, avant notre Fustel de Coulanges, que la « conquête » franque s'était opérée de façon plutôt pacifique.

Il fait de Clovis un simple lieutenant des empereurs romains et qui aurait en cette qualité gouverné la Gaule (Voir l'exposé de cette intéressante question dans l'*Histoire du Droit français* par Ginoulhiac, p. 113 sq.)

Voltaire loue avec chaleur l'abbé Dubos, parce qu'il lui doit beaucoup, mais les obligations de Voltaire devraient le regarder lui seul.

2. *D'un très grand sens*, pas précisément, car c'est du côté du jugement que l'abbé Dubos était le moins bien pourvu, mais il avait beaucoup d'idées. Ce fut un esprit un peu fumeux, à la manière de l'abbé de Saint-Pierre, son contemporain.

3. *1714*. — La date exacte est 1719.

4. *Henri Le Grand*. — Ainsi Voltaire serait redevable du sujet de son poème épique à l'abbé Dubos. Le tribut d'éloges qu'il lui paie est donc légitime.

L'exagération de l'abbé est d'ailleurs manifeste et la docilité du poète, extrême. Les « vrais sujets de poème épique » fourmillent dans l'histoire de France. Les auteurs de nos vieilles chansons de geste n'étaient pas embarrassés pour en trouver, mais ils manquaient d'art pour les faire valoir.

lissements de l'épopée [1], convenables aux Grecs, aux Romains, aux Italiens [2] du xve et du xvie siècles, étant proscrits parmi les Français [3], les dieux de la Fable, les oracles, les héros invulnérables, les monstres, les sortilèges, les métamorphoses, les aventures romanesques n'étant plus de saison, les beautés propres au poème épique sont renfermées dans un cercle très étroit [4]. Si donc il se trouve jamais quelque artiste qui s'empare des seuls ornements convenables au temps, au sujet, à la nation, et qui exécute ce qu'on a tenté [5], ceux qui viendront après lui trouveront la carrière remplie [6].

1. *Les embellissements de l'épopée.* — Réapparition de la théorie néfaste de Boileau, comme quoi en versant de la mythologie dans une aventure héroïque et en ayant soin d'écrire partout Neptune au lieu de la mer, Cérès, au lieu des moissons, Pomone, au lieu des fruits, etc., et en proscrivant soigneusement le merveilleux chrétien, on obtient mécaniquement une bonne épopée.

2. *Italiens.* — En quoi les oripeaux mythologiques convenaient-ils mieux aux « Italiens des xve et xvie siècles » qu'aux Français du xviie et du xviiie ? N'étaient-ils pas, les uns et les autres également modernes et chrétiens ?

3. *Proscrits parmi les Français*, par l'abbé Dubos, mais pas par Boileau. Or c'est l'influence de Boileau qui a pesé le plus lourdement sur le développement de l'épopée française aux xviie et xviiie siècles.

4. *Cercle très étroit.* — Quelle foi dans les recettes empiriques ! Admirons ici la puissance du préjugé, même sur l'esprit d'un Voltaire. Il n'a pas su se dégager de ces entraves où l'*Art poétique* avait emprisonné le génie français, pour ce qui est de l'épopée. La seule hardiesse qu'il se permit, hardiesse bien timide, ce fut d'éliminer de sa *Henriade* les dieux du paganisme et de les remplacer par de froides allégories. Il aurait fallu résolument briser ce moule trop étroit. donner de l'air, du jour et de la liberté à notre génie épique. Mais, pour accomplir cette réforme, deux révolutions furent nécessaires, l'une politique : 89, l'autre littéraire : le *Romantisme*.

5. *Ce qu'on a tenté.* — Ce modeste petit *on* désigne Voltaire, qui a donné le précepte dans son *Essai sur la poésie épique* (1728) et l'exemple de la « tentative » dans sa *Henriade*, l'essai servant de préface au poème.

6. *Carrière remplie.* — Impossible de dire plus clairement :

Il en est de même dans l'art de la tragédie [1]. Il ne faut pas croire que les grandes passions tragiques et les grands sentiments puissent se varier à l'infini d'une manière neuve et frappante. Tout a ses bornes.

La haute comédie [2] a les siennes. Il n'y a dans la nature humaine qu'une douzaine, tout au plus, de caractères vraiment comiques et marqués de grands traits. L'abbé Dubos, faute de génie [3], croit que les

Je n'ai rien laissé à glaner derrière moi, c'est un avis charitable que je donne à mes confrères. — Cette insinuation rend suspecte la théorie voltairienne de l' « épuisement des genres ». L'auteur de la *Henriade* et de *Mérope* se flatte d'avoir récolté le fruit et de n'avoir laissé derrière lui que du bois mort.

1. *Tragédie*. — Même tactique pour décourager d'avance les « concurrents » en tragédie, ce qui est sans doute la meilleure manière d'en avoir raison. Pourtant, même après Corneille et Racine, il restait beaucoup à faire dans le domaine du théâtre sérieux, du côté de l'action, de la mise en scène, de la représentation, du mouvement, du pittoresque. C'est à quoi s'appliqua d'ailleurs Voltaire lui-même, mais, peu doué comme artiste, il s'y prit de telle manière que le drame tragique évolua vers le *mélodrame*.

2. *La haute comédie*. — Ici l'intention de Voltaire est encore moins douteuse. C'est comme s'il disait : Je n'ai pas réussi dans la comédie, il est vrai, mais c'est la faute du genre et non la mienne. — Or il n'y a nulle conséquence à tirer contre la comédie elle-même des échecs de Voltaire, qui, tout satérique qu'il fût, était parfaitement impropre au maniement du genre comique. L'insuccès de son *Enfant prodigue* (1736) ou de sa *Nanine* (1748) ne prouve nullement que la postérité de Molière fût éteinte. D'autres que Voltaire au XVIIIe siècle, et surtout au XIXe, ont su ressaisir l'héritage vacant.

Ce furent, notamment : Dancourt, Regnard, Destouches, Lesage, qui sont comme la postérité directe de Molière ; Piron, Marivaux, Gresset, La Chaussée, Sedaine, Beaumarchais, les principaux représentants du genre au XVIIIe siècle. Au XIXe siècle, ceux des auteurs comiques qui marquent le mieux la « filiation » molièresque sont peut-être C. Delavigne, E. Augier, Lud. Halévy, Meilhac, Labiche, Pailleron.

3. *Faute de génie*. — Voltaire reprend maintenant à l'abbé Dubos, « homme d'un très grand sens », ce qu'il lui avait donné tout à l'heure.

hommes de génie peuvent encore trouver une foule de nouveaux caractères ; mais il faudrait que la nature en fît. Il s'imagine que ces petites différences qui sont dans les caractères des hommes peuvent être maniées aussi heureusement que les grands sujets. Les nuances, à la vérité, sont innombrables, mais les couleurs éclatantes sont en petit nombre ; et ce sont ces couleurs primitives qu'un grand artiste ne manque pas d'employer [1].

L'éloquence de la chaire [2], et surtout celle des oraisons funèbres, sont dans ce cas. Les vérités morales une fois annoncées avec éloquence, les tableaux des misères et des faiblesses humaines, des vanités de la grandeur, des ravages de la mort, étant faits par des mains habiles, tout cela devient lieu commun [3] : on est réduit ou à imiter ou à s'égarer. Un nombre suffisant de fables [4] étant composé par un la Fontaine, tout ce qu'on y ajoute rentre dans la même morale, et presque

1. *Employer*. — Chose curieuse, c'est là où la «pratique » de Voltaire fut le moins probante, qu'il a le plus raison en « principe ». En effet les linéaments généraux de la nature humaine se trouvaient, quand parut Voltaire, déjà fixés sur la scène comique. Mais il restera toujours la « comédie de mœurs », dont le champ est illimité.

2. *Eloquence de la chaire*.— Il y a lieu de distinguer ici entre l'oraison funèbre et le sermon. Le premier de ces deux genres était, du moins dans une certaine mesure, lié à la constitution aristocratique du pays ; le second est susceptible de plus de variété et de souplesse. L'éloquence religieuse, presque muette au XVIIIe siècle, depuis la mort de Massillon, s'est ranimée au XIXe siècle.

3. *Lieu commun*. — Très exagéré. Les thèmes de la mort et de la Providence, par exemple, sont aussi saisissants chez un Victor Hugo que chez un Bossuet. Ces vérités morales peuvent recevoir des renouvellements indéfinis.

4. *Fables*. — L'exemple pourrait être mieux choisi. La Fontain avait laissé à faire beaucoup de fables spirituelles et ingénieuses, qui ont été faites au cours des XVIIIe et XIXe siècles.

daus les mêmes aventures. Ainsi donc le génie n'a qu'un siècle, après quoi il faut qu'il dégénère [1].

Les genres dont les sujets se renouvellent sans cesse, comme l'histoire, les observations physiques, et qui ne demandent que du travail, du jugement et un esprit commun [2], peuvent plus aisément se soutenir ; et les arts de la main [3], comme la peinture, la sculpture,

Il s'en fait encore tous les jours. En ce genre, comme dans tous un peu, c'est le génie qui a manqué, plutôt que l'occasion ou le sujet.

1. *Dégénère.* — Conclusion qui détonne singulièrement dans ce chapitre où l'on sent d'un bout à l'autre respirer l'orgueil de la raison humaine. Ce n'est pas le « génie » qui « dégénère », ce sont ses *modes d'expression* qui n'ont qu'un temps. Le caractère du génie, c'est de se frayer des voies nouvelles et d'apprendre de l'art même à franchir les limites de l'art (Boileau). D'un siècle à l'autre, il arrive que « d'autre mœurs, une autre sorte de gouvernement donnent un tour nouveau aux esprits ». C'est Voltaire qui parle ainsi, peu soucieux de se mettre d'accord avec lui-même. Nous qui, au sortir du XIXe siècle, avons assisté au splendide épanouissement de la poésie lyrique, au développement inouï de l'histoire, du roman, de la critique et des sciences, pourrions-nous admettre que le génie n'ait « qu'un siècle »? Le génie ne dégénère pas, il change ; la poésie ne meurt pas, elle se déplace ou se transforme.

Il nous est impossible de nous associer aux doléances qui remplissent la correspondance de Voltaire, ses épitres en vers, ses odes, etc., et de souscrire à des arrêts comme ceux ci : « Le goût est perdu », ou « la France est retournée à la barbarie ». Dans une ode où il croit rivaliser avec Horace, Voltaire s'écrie :

Enfin le mauvais goût qui domine aujourd'hui
Déshonore trop ma patrie.

(*A mon vaisseau*, 1768).

C'est montrer vraiment peu de confiance en l'avenir... et c'est croire que, Voltaire parti, tout est perdu.

2. *Esprit commun.* — Peu flatteur pour les savants et pour les historiens. Voltaire parle de ces sciences à peu près comme La Bruyère parlait de la critique, qui n'exige que de la « santé ».

3. *Les Arts de la main.* — Pourtant les arts plastiques en sont environ au même point aujourd'hui que les genres classiques au lendemain du « grand siècle ». La « technique » y a atteint son dernier point de perfection, mais l'originalité de

peuvent ne pas dégénérer, quand ceux qui gouvernent [1] ont, à l'exemple de Louis XIV, l'attention de n'employer que les meilleurs artistes. Car on peut, en peinture et en sculpture, traiter cent fois les mêmes sujets : on peint encore la sainte Famille, quoique Raphaël ait déployé dans ce sujet toute la supériorité de son art ; mais on ne serait pas reçu à traiter *Cinna*, *Andromaque*, l'*Art poétique* [2], le *Tartufe*.

Il faut encore observer que le siècle passé ayant instruit le siècle présent, il est devenu si facile d'écrire des choses médiocres, qu'on a été inondé de livres frivoles, et, ce qui est encore pis, de livres sérieux inutiles [3] ; mais, parmi cette multitude [4] de médiocres écrits, mal devenu nécessaire dans une ville immense, opulente et oisive, où une partie des citoyens s'occupe sans cesse à amuser l'autre, il se trouve de temps en

conception en est le plus souvent absente. Il n'est pas plus possible, dans les arts du dessin, de traiter « cent fois les mêmes sujets » que dans les arts de l'esprit ; nulle part les chemins battus ne mènent à la gloire.

1. *Ceux qui gouvernent.* — Voltaire attend beaucoup trop de l'action gouvernementale. Cette excessive confiance des Français dans l'autorité et dans l'initiative officielle est donc plus ancienne chez nous que la centralisation administrative ellemême.

2. *L'art poétique.* — Va pour les tragédies et la comédie, mais justement un code poétique est quelque chose d'indéfiniment révisable et que chaque grande école peut mettre à son « point ». La Renaissance a eu son *Art poétique* (Vauquelin de la Fresnaye), le Classicisme a élaboré le sien (Boileau), le Romantisme lui a opposé la préface de *Cromwell* (V. Hugo).

3. *Livres sérieux inutiles.* — « Coup de patte » à l'adresse de l'auteur de l'*Esprit des lois*, dont Voltaire jalousait l'influence.

4. *Multitude... d'écrits.* — Encore cette diffusion énorme de la librairie n'en était-elle qu'à ses débuts. Le fleuve a été grossi depuis la Révolution par le torrent de la Presse. « Scribimus indocti doctique... »

temps d'excellents ouvrages [1], ou d'histoire, ou de réflexions, ou de cette littérature légère qui délasse toutes sortes d'esprits.

La nation française est de toutes les nations celle qui a produit le plus de ces ouvrages. Sa langue est devenue la langue de l'Europe [2] : tout y a contribué ; les grands auteurs du siècle de Louis XIV, ceux qui les ont suivis ; les pasteurs calvinistes [3] réfugiés, qui ont porté l'éloquence, la méthode dans les pays étrangers ; un Bayle [4] surtout, qui, écrivant en Hollande, s'est fait lire de toutes les nations ; un Rapin de Thoyras [5], qui a donné en français la seule bonne histoire d'Angleterre ; un Saint-Évremond [6], dont toute la cour de

1. *Excellents ouvrages.* — Allusion très claire et peu modeste à Voltaire lui-même. Il se charge toujours de son propre éloge, de crainte qu'on ne l'oublie.

2. *La langue de l'Europe.* — Lisez : *redevenue,* car ce rayonnement de notre langue et de notre littérature au dehors s'était déjà produit aux XIIIe et XIVe siècles. Même au XVIe siècle encore, on pouvait intituler un ouvrage : *De la précellence du langage françois.*

Le concours ouvert par l'Académie sur cette question : *Des causes de l'universalité de la langue française* (1784), concours dont le lauréat fut Rivarol, confirme l'appréciation portée ici par Voltaire.

3. *Pasteurs calvinistes* : Basnage, Saurin, Jurieu (« l'injurieux », comme le surnommait Voltaire), réfugiés en Hollande ; Jacquelot, réfugié d'abord en Hollande, puis à Berlin.

4. *Bayle.* — V. p. 66, n. 2.

5. *Rapin de Thoyras* (1661-1725). — Neveu de Pellisson, d'abord avocat, mais qui, craignant de se voir fermer la magistrature comme protestant, embrassa la carrière des armes. Après la révocation de l'édit de Nantes, il passa en Hollande, suivit le prince d'Orange en Angleterre, pour être gouverneur du jeune duc de Portland. On a de lui une *Histoire d'Angleterre* (1721), souvent réimprimée, et une *Dissertation sur les whigs et les tories.* Rapin est un historien savant, mais partial, diffus et froid. Il est le premier qui ait décrit la Constitution anglaise ; Montesquieu s'est servi de ses travaux, mais les a fait oublier.

6. *Saint-Evremond* (1613-1703). Le spirituel auteur de la

Londres recherchait le commerce ; la duchesse de Mazarin [1], à qui l'on ambitionnait de plaire ; Madame d'Olbreuse [2], devenue duchesse de Zell, qui porta en Allemagne toutes les grâces de sa patrie. L'esprit de société est le partage naturel des Français : c'est un mérite et un plaisir dont les autres peuples ont senti le besoin. La langue française [3] est de toutes les langues celle qui exprime avec plus de facilité, de netteté et de délicatesse tous les objets de la conversation des honnêtes gens ; et par là elle contribue dans toute l'Europe à un des plus grands agréments de la vie.

Comédie des Académistes (1644) partageait son temps entre l'armée, où il servait, le monde, où il était très recherché, et les lettres, où il jouissait d'une grande autorité. En 1661 il fut impliqué dans une disgrâce dont les motifs sont mal connus et exilé en Angleterre. Il se fixa à Londres et y mena la vie d'un bel-esprit épicurien, se faisant tenir régulièrement au courant de tout ce qui se passait à Paris. Toutefois il ne voulut pas rentrer en France lorsqu'il en obtint la permission en 1688.

Dans ses *Réflexions sur les divers génies du peuple romain*, il se montre souvent mieux « averti » de la vérité historique que Bossuet et il fournit de précieuses indications à Montesquieu. En poésie, ce sceptique était pourtant un partisan déterminé de Corneille et vibrait à l'unisson de Mme de Sévigné.

C'était un « esprit fin, aiguisé, délicat, mais de qui l'horizon fut trop restreint toujours, et même se resserra de plus en plus ». (Petit de Julleville).

1. *Duchesse de Mazarin*, née Hortense Mancini, vint aussi se fixer à Londres, en 1676. Elle y ouvrit un salon qui devint célèbre et où se réunissait une société choisie dont Saint-Evremond fut baptisé « le chancelier ».

2. *Mme d'Olbreuse*. — « Eléonore Desmier, d'Olbreuse, en Poitou, d'une famille protestante, demoiselle de compagnie de la duchessse de la Trémoille, épousa, en Allemagne, en 1665, le prince Georges Guillaume de Brunswick, duc de Zell, et mourut à Nimègue en 1722, laissant une fille, Sophie, qui devint la seconde femme de George Ier d'Angleterre et fut la mère de George II. Elle accueillit dans les États de son mari un grand nombre de réfugiés français » (éd. Rebelliau et Marion).

3. *La langue française* est restée la langue diplomatique. Elle reçoit ici, de la part d'un de ceux qui l'ont le mienx maniée, un brillant éloge.

LAVAL. — IMPRIMERIE L. BARNÉOUD ET Cie.

www.ingramcontent.com/pod-product-compliance
Ingram Content Group UK Ltd.
Pitfield, Milton Keynes, MK11 3LW, UK
UKHW021106260726
13994UKWH00002B/742

9 782329 343556